稚児桜

能楽ものがたり

澤田瞳子

角川文庫
23593

目次

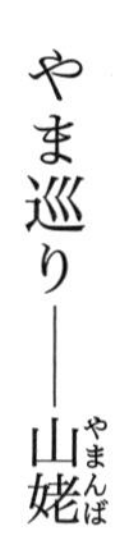

やま巡り——山姥（やまんば）

南に向かって連なる山の稜線が、雪でまだらに染まっている。あるときは荒れ狂う海から、またあるときは切り立ったように険しい山から吹く気まぐれな風は、湿気を孕んで肌に痛いほど冷たい。

半月前に発った都ではまだ山の紅葉すら始まっておらず、熟れ切らぬ柿の実がそこここに実っていた。それに引き換え、この越後（現在の新潟県）の寒さと来たらどうだ。

ぶるっと肩を震わせ、児鶴は大きなくしゃみをした。その途端、後ろを歩いていた姉遊女の百万が、

「ああ、もう。なにをしているんだい。誰もいない山道だからって、みっともない真似をするんじゃないよ」

と、剣突な罵声を浴びせかけてきた。

今でこそ、曲舞の上手との名声を都でほしいままにしているが、百万はもともと北国の生まれと聞く。それだけに、初冬の旅路の厳しさは覚悟の上だったのだろう。

小袖の内側には薄綿を挟み、手甲も脚絆もとびきり分厚いものを用いている。

児鶴とて最初からこんな旅路と分かっていれば、それなりの身ごしらえをしただろう。だが半月前、ただ「信濃（現在の長野県）の善光寺にお参りするよ。供をしな」とだけ告げられて都を連れ出されたとき、十二歳の児鶴は突然の旅がこれほど寒いものになるとは、皆目考えていなかった。

言い訳をしようとしたその端から、またもくしゃみが飛び出してくる。洟をすすり上げる児鶴を汚いものを見る目で眺め、百万は大きなため息をついた。

二十歳を四つ越し、すでに年増の域に差し掛かりつつあるものの、百万の面差しは輝くように美しい。晒した布の如く白いその横顔を眺めるうち、児鶴の胸にしんと冷えた哀しさが湧いてきた。

（なんで百万さまは、あたいなんかにお供を命じられたんだろう）

百万と児鶴が暮らす東洞院七条の店には、まだ客を取らぬ見習いが七、八人もいる。児鶴はその中でももっとも小柄で口数が少ないために、姉遊女はもちろん、同輩たちからもいつも小馬鹿にされてきた。

一方で百万はその曲舞の見事さから、都の公卿や富商はもちろんのこと、公方さまの元にも召されたことがある売れっ妓。それだけに主の許しを得て、善光寺参りをしようと決めたのであれば、何十人という供を引き連れることとて叶ったはず。それなのになぜ百万は荷担ぎの男すら連れず、自分だけを従えて旅立ったのか。だがそんなことを問おうものなら、百万は「余計なことをお言いじゃないよッ」と、形のいい眉をきりりと吊り上げるに違いない。

憧れの美しい姉遊女が自分を選んでくれた事実が雲を踏むほどに嬉しい一方で、これ以上、百万に幻滅されるのが恐ろしくてならない。寒さを通り過ぎ、痛みすら覚えだした背を懸命に伸ばし、児鶴は大急ぎで歩き出した。

都から信濃国善光寺に向かうには、東山道と北陸道、二つの行程がある。このうち、東山道は旅程こそ短いが、山深い美濃国（現在の岐阜県南部）を横断せねばならぬ難路。一方、百万が選んだ北陸道は起伏が少なく歩きやすい代わりに、近江（現在の滋賀県）から越前（福井県東部）、加賀（石川県南部）、越中（富山県）・越後を通ってようやく信濃に入る長路であった。

そうでなくとも、信濃国は四方を山に囲まれた草深き地と聞く。この分ではようやく善光寺にたどり着く頃には、里にも雪が降り積もっていよう。今はまだ素足に草鞋履きという足ごしらえでも旅を続けられるが、そうなればどうやって百万の供をすればいいのか。

（もしかしたら、百万さまはあたいを置いて帰っちまうかもしれない）

そんなことを考えるだけで、鼻の奥がつんと痛んでくる。ここで再び憧れの百万に無様な姿を見せることは、どうにも耐え難い。児鶴は歯を食いしばって、ただひたすら足を急がせた。

日はいつしか大きく西に傾き、辺りを茜色に染め始めている。そうだ。そろそろ今夜の宿りを決めねば。この寒空の下、野宿なぞまっぴらだ。

百万もまた、同じことを考えているのだろう。背後から聞こえてくるその足音は、どこかせわしない。

だが暮靄の果てにどれだけ目をこらしても、道の左は荒々しく波が岩を食む海、右は鬱蒼と茂った藪。人家らしきものは見渡す限り一軒もなく、一夜の宿りとなりそうな廃屋も破れ寺も見つからない。

「しまったねえ。急に日が暮れてきたじゃないか」

百万が児鶴に肩を並べ、ちっと舌打ちをした。

「こんなことだったら、半刻ほど前に通りがかった里で宿を求めておくんだったよ。しかたがない。今のうちに戻るとするかねえ」

児鶴は百万の顔を仰いだ。

百万は気短な性格で、なにより無駄を嫌う。そんな彼女がわざわざ道を引き返して宿を求めようとするのが、あまりに意外だった。

もしかして百万は自分の軽装を見るに見かね、温かい宿を探そうとしてくれているのかもしれない。しかしそう考えた児鶴の鼻先をくじくように、「なにもお前のためじゃないよ」と百万は言い放った。

「こんな寒空に野宿なんぞしちゃあ、山犬や熊に食われちまうかもしれないだろ。あんたと二人、獣の餌食になるなんぞ、あたしはごめんだよ」

頭のよい他の見習いたちであれば、わざとらしく頬を膨らませ、「そんなひどいことを言わないでくださいな」と笑うのだろう。だが不器用な児鶴には、そんな真似は逆立ちをしても出来はしない。

肩をすぼめて俯いた児鶴に、百万は機嫌の悪い顔でそっぽを向いた。行くよ、と児鶴の肩を小突いて踵を返そうとした、その時である。

「おおい、待て待て。そこを行くのは旅のお人かのう」

かたわらの藪が、不意にざわめいた。折れ曲がった身体を杖で支えた老婆が、そのただなかからよたよたと姿を現し、児鶴と百万を見比べた。

背の半ばまでを覆う白髪は乱れ、こびりついた垢が鱗の如くにその顔を覆っている。まとっている衣の裾はあちらこちらが裂け、その足元に切れ端が長くまとわりついていた。

　およそ物乞いとしか思えぬ老婆の風体に、児鶴は震え上がって百万に身をすり寄せた。だが意外にも百万は怯（おび）えるどころか身を乗り出すようにして、「そうだけど」とぶっきらぼうに応じた。

「それは難儀をしておろう。この辺りは上路（あげろ）の山と申してな。人里までは一、二里（り）あまりも離れておるぞ」

　吹けば飛びそうなほど薄っぺらい体つきの割に、老婆の声は妙な張りがある。見た目より案外若いのかもしれない、と児鶴は思った。

「よかったら、おぬしら、わしの家に来ぬか。大したもてなしはできぬが、雨露ぐらいはしのげようて」

「本当に？　それはありがたいわねえ」

　百万があっさりとうなずくのに、児鶴は飛び上がった。

　この姉遊女は何を言うのだ。仮にも都一の曲舞の名手がこんな得体の知れぬ老婆の元に泊まったと知れれば、児鶴はなぜ知らぬ顔をしたのだと楼主に折檻（せっかん）を受けてしまう。だいたいこれほどに身なりを構わぬ嫗（おうな）の家となれば、その臥所（ふしど）は蚤虱（のみしらみ）の住（すみ）

処と決まっている。

「ひ、百万さま。止めましょうよ」

しかし懸命に児鶴が袖を引くのを、百万は疎ましそうに振り払った。

「嫌だというなら、児鶴だけ人里までお戻り。あたしは一人で、この婆さまのご厄介になるよ」

「な、なんてことを仰るんです」

日は早くも山の端に没し、夕闇が辺りを包み始めている。しきりに打ち寄せる波の音は昼間よりいっそう高く、うら寂しい。

あんまりな百万の言葉に、児鶴の双眸に今度こそ涙が浮かんできた。

「まあまあ、おぬしもそう叱りつけるな。――これ、小娘。こう見えてこの婆は綺麗好きでな。小狭な住まいではあるが、うちにはふかふかの衾もうまい飯もあるぞ。これからこの寒空、里まで戻るのは難儀じゃろう。ここは婆を信じて、共に来てみぬか」

児鶴のかたわらに膝をついた老婆の口振りは、思いがけず優しかった。

今までの道中で、百万はきっとなんでこんな小娘に供を命じてしまったのか、と後悔していよう。なおもここで嫌だと言えば、百万は本当に自分に愛想を尽かすかもしれない。

己の不器量や間抜けぶりは、嫌というほど分かっている。だからといって、憧れである百万にこれ以上呆れられたくはない。

児鶴は老婆と百万の顔を交互に見比べた。嗚咽をぐいと呑み下し、「わ、分かった」と幾度も頤を引いた。

その途端、やにのこびりついた老婆の目元が和らぎ、干からびたような唇に笑みが浮かぶ。

「よしよし、よい子じゃ」

と言いながら、老婆は爪の伸びた手で、児鶴の頭を乱暴に撫でた。

今宵の焚き物を集めていたのだろう。見れば藪陰には、荒縄で縛り上げられた柴が放り出されている。「児鶴、持っておやりよ」と命じながら、百万は老婆の後に付いて歩き出した。

「ところで、お婆さん。ちょいと教えておくれ。かれこれ二十年も昔、この辺りに山姥と呼ばれた女たちが住んでいたって聞いたんだけど」

「山姥だと」

老婆の背が、虫でも入れられたかの如くぴくりと跳ねた。

「ええ、もう何年も昔、越後から来たお人に聞いたのよ。なんでも夫に死なれたり、ゆえあって婚家を出された女たちが、人里離れた山間(やまあい)に家を造って身を寄せ合うようにして暮らしていたって」

「さあ、そんな話は知らぬなあ」

そっけなく言うや、老婆は杖を突き突き、ゆるやかな斜(なぞえ)を上り出した。そんな老婆と百万を、児鶴は思わず見比べた。

百万は店の主に、信濃の善光寺詣でをしたいと言って京を出た。だが先ほどの百万の言葉は、まるで彼女の目的がここ越後国にあったかのようだ。

そう考えれば、すべて得心できる。百万ほどの女であれば、贔屓(ひいき)客に是非(ぜひ)にと請(こ)い、輿(こし)で信濃まで乗り付けもできるのに、なぜ児鶴一人を供にはるばる我が足で善光寺に向かおうとしたのか。なぜ見習いの中でももっとも愚図(ぐず)で口数の少ない児鶴に、供を命じたのか。

(あたいは別に百万さまに気に入られて、連れて来られたわけじゃなかったんだ)

急に突き付けられたその事実のせいで、百万が口にした山姥という言葉は、児鶴の耳に入っていなかった。

ひと際(きわ)冷たい風が、小さな胸を吹き抜ける。こみ上げてくる哀しさを押し殺し、児鶴はただひたすら百万の背を見つめ続けた。

腰の折れ曲がった姿とは裏腹に、老婆の足は速かった。冬枯れた下草を掻き分けて、坂をまっすぐに上って行く。

その素早さに呆れたのか、百万は大きな息をついて足を止め、ぐんぐん遠ざかる老婆の背を仰いだ。すぐに薄い唇をきっと引き結ぶと、大股に坂道を歩き出しながら、立ちすくむ児鶴に顔だけを振り向けた。

「ちょっと。なにをぼんやりしているんだい、児鶴」

百万の怒声にはっと我に返り、児鶴もまた、あわてて姉遊女の後に従った。両手両脚を使って坂を這い上がる間に、老婆の姿はすでに小高い丘の中腹に建つ小屋のかたわらに至っている。

傾きかけた草葺きの家のぐるりにはよく手入れされた畑が広がり、長く続く畝を残照がどす黒く染め上げている。坂の下から絶えず響いてくる潮騒の音が、ただでさえ寂しいその光景をひどく哀しげに変えていた。

「おおい、おぬしら。なにをぐずぐずしておるんじゃあ」

老婆の声に「すぐに行くわよお」と怒鳴り返し、百万は児鶴を置き去りに残る斜を駆け上がった。そのままの勢いで老婆の家へと走り入る。

「ま、待ってください。百万さま」

百万の後を追って小さな家へと飛び込めば、百万は早くも上がり框に腰をかけ、盥で足を洗っている。

竈の前にしゃがみ込んでいた老婆が、おお、と笑って、児鶴を顧みた。

「それ、おぬしも濯ぎを使うがいい。これといった菜はないが、囲炉裏にはちょうど粥も煮えておるでな。好きなだけ食らうがよいぞ」

すでに足を洗い終わった百万が、ぷいとそっぽを向いて囲炉裏へと向かう。児鶴は恐る恐る草鞋を解き、ぽつりと残された盥に足を突っ込んだ。

その途端、思わずあっと声を上げたのは、そこに満たされていたのが水ではなく、湯だったからだ。

旅の間で凍りついた身体が蕩けそうな温かさに、児鶴は大きく息をついた。見れば盥の底には、真っ黒に焼け焦げた焼石が沈んでいる。

がばと顔を上げた児鶴に、竈に生木を放り込んでいた老婆が、にっと唇を吊り上げて笑う。ぼさぼさの蓬髪や襤褸に近い衣は恐ろしいが、よく見ればその笑顔には年に似合わぬ稚気すら漂っていた。

「どうじゃ。温かろう。おぬしらがいったいどこから参ったのかは知らぬが、旅の疲れを解くには、温かい湯が一番じゃでなあ」

「あ、ありがとう。お婆さま」

児鶴の遠慮がちな礼に、老婆は「おお、可愛いのう」と皺に埋もれた目を愛おしげに細めた。

「見たところ、ひどく遠方から来たようじゃな。いったいどこから来て、どこに参る」

「はい。京から信濃の善光寺に参る途中です」

「善光寺じゃと。それはまた遠路じゃなあ」

その途端、百万がじろりとこちらを振り返り、「児鶴、余計なことをお言いじゃないよ」と叱責した。

「は、はい。すみません、百万さま」

首をすくめた児鶴に、百万はふんと鼻を鳴らした。

「そんなことより、お前もさっさと火に当たりな。明日は早出をするからね。粥をいただいたら、さっさと横になるんだよ」

「まあまあ、待て。冬の夜は長い。そうあわてることはなかろうて」

口早にまくし立てる百万を制するように、老婆はのそのそと板間に上がった。百万と児鶴の間に身体を割り込ませると、慣れた手付きで三つの木椀に粥を取り分けた。どこからともなく取り出した木の匙を椀に添え、ひどく丁寧な仕草で百万と児鶴の前に置いた。

「——そうね。まずは腹ごしらえをさせていただくわ」

妙に低く呟くや、百万は両の手に余る大きな椀を取り上げた。匙を使わぬまま、その中身を一口すすり、不意に目の前の老婆の顔に目を据えた。

「それにしても、お婆さま。旅の途中なのでさしたることは出来ないのだけど、今宵の宿代はいったいいかほど差し上げたらいいのかしら」

「宿代じゃと。馬鹿を言うな」

掻き込んでいた粥の椀を膝前に置き、老婆はぶんぶんと首を横に振った。垢と埃に塗れ、薄茶色に染まった長い髪が、それにつれて大きく左右に動いた。

「困ったときは、相身互い。ましてやかようなあばら家の軒を貸しただけで、か弱き女子どもから銭など取れようか」

言いながら老婆はまだ半ば以上中身の残った鍋を、杓子で乱暴に掻き回した。

百万は硬い面持ちで、そんな老婆の横顔を見つめていた。しかし不意に、「そうだわ」と両手を打ち鳴らし、形のいい唇をにっと吊り上げた。

まるであばら家のただなかに大輪の花が咲いたかのような、ひどく鮮やかな笑顔だった。

「だったら、礼の代わりに一節(ひとふし)、あたしの歌を聞いてちょうだい。こう見えて、あたしは都では芸達者で名が通った女でね。嶮(けわ)しい山中に棲(す)む鬼女の様子を歌った曲舞が得意だから、百万山姥とすら呼ばれているのよ」

「山姥じゃと」

老婆が細い目を見開き、身体をのけぞらせる。それに満面の笑みでうなずきながら、百万は軽く腰を浮かせた。もはや粥のことなぞ忘れ果てたような面持ちで、身軽に老婆に詰め寄った。

その双眸はなぜか吊り上がり、底光りしている。餌を狙う山犬のような眼光に、児鶴は身体を震わせた。

百万はどんな舞でも見事に舞うが、中でも山姥の歌は得意中の得意。舞に合わせて歌う声に容色に似合わぬ凄(すご)みが伴うことから、「あの女子には山姥が憑(つ)いておるそうな」との噂すらある。しかし目の前の百万の形相は、そんな常の彼女の姿をはるかに越え、どこか鬼気迫るものすら湛(たた)えていた。

「本当なら、お客の前以外じゃ舞いも歌いもしちゃいけないんだけど。でも、お婆さんが相手なら特別だわ。さあ、見てちょうだいよ。あたしの山姥の曲を」

百万はがばと老婆の手を握りしめた。そのまま彼女を引きずるようにして立ち上がり、つと背を伸ばす。囲炉裏に焚かれる火が、その影を大きく壁に伸び上がらせ、一瞬、児鶴は本当にこの場に山姥が現れたのかと身震いした。

「は、放せッ」

と叫んで、老婆が百万の手を振り払った。そのまま矢の速さで部屋の隅に這い寄り、追い詰められた獣のような目で百万を仰いだ。

「わしは、そんな曲なぞ、聞きとうも見とうもないッ。宿を貸した礼をするつもりなら止めてくれッ」

老婆の目はこぼれ落ちんばかりに見開かれ、声には明確な恐怖がにじんでいる。あまりに意外な狼狽ぶりに、児鶴はぽかんと口を開けた。

しかし百万はそんなことは分かっていたとばかり、小さくうなずくと、「止めるわけがないじゃない」とますます頰の笑みを大きくした。

「あたしはあんたの前で山姥の曲を披露したくって、はるばる都から来たんだから。まさか、あんた、忘れたわけじゃないんでしょう。かれこれ二十年近く昔のことよ。自分がいったいなにをしたのか。よおく思い出してごらんなさい」

「な、なんじゃと」

老婆ががたがたと身体を震わせる。それを瞬きもせずに見つめたまま、「そうよ」と百万は微笑んだ。

「それに気付いたなら、あんたはあたしの曲を見聞きしなきゃいけないはずよ。さあ、そこにお座りなさい。あたしの山姥の曲舞を、とくと見せつけてあげるから」

百万の声は今や、普段の涼やかさが嘘かと疑うほどしゃがれている。どこからともなく吹き込んだ隙間風が囲炉裏の火を掻き立て、その影をまたも大きく壁に伸び上がらせる。まるで百万自身が本当に山姥と化したかのような気がして、児鶴は息を詰めた。

老婆は瞬きもせずに百万を見つめたまま、がくりとその場に膝をついた。だが不意にぶるっと背を揺らして立ち上がるや、「い、いいや、駄目じゃッ」と喚いて、年に似合わぬ敏捷さで土間へと飛び降りた。

「い、今はまだ、おぬしの曲を見聞きはできぬッ。せめて夜が更け、月が中空にかかるまでは待ってくれッ」

「なに言うのよ、今更。あたしは都で二十年近くも、あんたのことを待っていたのよ」

百万が眉を吊り上げる。しかし老婆は背を壁に貼り付けたまま、ずるずると横に歩むと、裸足のまま外へと飛び出した。

夜更けとともに風が出てきたのだろう。その途端、ごおっと音を立てて、屋内に風が吹き込む。囲炉裏の火がますます大きく逆巻き、百万の影をついに天井まで大きく伸び上がらせた。

「ま、待ちなさいッ。この鬼婆あがッ」

百万が土間へと駆け降りる。だがすぐに思い直したようにその場に立ちつくすと、大きく息をついて児鶴を振り返った。

その目は相変わらず大きく見開かれたままで、汗ばんだ額に数本貼り付いた後れ毛が、抜けるが如く白い百万の肌の色をますます澄明（ちょうめい）に見せている。先ほどの山姥の如き姿とは裏腹なその美しさがかえって恐ろしく、児鶴はその場にぺたりと尻餅をついた。

そのまま板間をずるずると後じさる児鶴に、百万はしばらくの間、無言であった。しかし不意に小さく鼻を鳴らすや、乱れた袿（うちき）の裾をたくし上げ、児鶴に向かい合うようにしてその場にしゃがみ込んだ。

「――なにを怖がっているのよ、児鶴」

って」

れ声でしゃくり上げ、児鶴はようやく自分がぼたぼたと涙を流しているのに
付いた。

本当に目の前の女は、自分の知っている姉遊女か。もしや児鶴が気付かなかっただけで、この越後までの道中、百万はひそかに山姥に喰い尽くされ、自分は姉遊女に成り代わった山姥とここまで旅をしてきたのではないか。

だとすれば、自分もこれから恐ろしい山姥に一口に喰い殺されてしまうのでは、という恐怖が胸を鷲掴みにする。逃げ出さねば、という焦りとは裏腹に足が萎え、立ち上がることすら叶わない。

百万はそんな児鶴を疎ましげに一瞥すると、老婆が出て行った板戸の向こうを凝視した。その向こうに広がる闇の一角がぼんやり明るみ始めているのは、山の端に月が上り始めているからだ。

百万は身を縮こまらせた児鶴を、もう一度顧みた。

「馬鹿だねえ、おまえは。あたいは山姥でもなければ、鬼でもないよ」

むしろ、と吐き捨て、百万は刻々と明るむ山の端に目をやった。

「山姥ってのは、さっきの婆あのことさ。あたしはそれがよおく分かっているから、

山姥の曲があんなに上手なのさ」

　風の向きが変わったらしく、微かな潮騒とともに潮の匂いが鼻を刺す。百万はそれを振り払うように立ち上がり、帯に差していた扇をすらりと抜いた。

　天井の一角を扇で指し、「一声(いっせい)の山鳥(さんちょう)、羽(は)を叩(たた)く――」と澄んだ声で歌いながら、囲炉裏を巡るように軽い足取りで舞い始めた。

　その動きや歌は、いつも都の店で客を相手に見せているものとこれっぽっちも変わらない。だが眉を吊り上げ、双眸を爛々(らんらん)と輝かせたその形相の、なんと恐ろしげなことか。

「鼓は滝波、袖は白妙(しろたえ)。雪を廻(めぐ)らす木(こ)の花の、難波(なにわ)のことか法(のり)ならぬ――」

　狂気すら孕んだその姿に、冷たいものが背を這う。児鶴は舞い狂う百万の足にしがみついた。

「やめてください、百万さま。こんなところで山姥の歌なぞ歌ったら、本当に山姥が来ちまいます」

「ふん、なにを言っているんだい。あたしはその山姥に聞かせてやるために、わざわざこんなところまで来たのさ」

　おのき、と児鶴の胸を蹴り、百万は更に扇を激しく閃(ひらめ)かせた。乱れた裾から白い脛(すね)が覗き、額際に見る見る汗が浮かんだ。

児鶴は板間に尻餅をついたまま、そんな百万を呆然と仰いだ。百万はそれにはお構いなしに、憑かれたような形相で立て続けに歌い踊り、やがて激しく肩を喘(あえ)がせながら、どすんとその場に座りこんだ。

老婆が出て行った戸口をきっと睨(にら)み、「まだ、戻ってこないんだね。あの婆あ」と苦々しげに呟いた。

その額には幾本もの後れ毛が、べっとり貼り付いている。白粉(おしろい)も紅(べに)も落ちた顔を手の甲で拭い、百万は児鶴の腕を強く引いた。

「こうなったら、ついでにお前も踊ってごらん。あたしが教えてあげるからさ」

「そ、そんな。あたしには無理です」

尻込みする児鶴に強引に扇を持たせ、百万はその腕を背後から強く摑んだ。傀儡(くぐつ)を操るかのようにその腕を動かしながら、また新たな歌を歌い出した。

児鶴とて、常日頃から姉遊女の側(そば)に侍(はべ)っている身だ。見よう見まねで舞うことは出来る。振り払おうにもぴくりとも動かぬその力に負け、児鶴は扇を握りしめて、ぎこちなく手足を動かし出した。「なんだい。やれば出来るじゃないか」と言いながら、百万が児鶴の腕を放して座りこみ、囃(はや)し立てるように高い声で歌を歌い出した。

「一洞空(いっとうむな)しき谷の声、梢(こずえ)に響く山彦(やまびこ)の」

　朗々たるその声はしかし、すぐに上ずって途切れた。驚いて見れば、普段、何があっても涙一つ見せぬその頰に、大粒の涙がぼろぼろとまろげている。

　児鶴は我が目を疑った。だが百万は手の甲で素早く頰を拭い、「お続け」と早口で言って、急かすように手拍子を打ち始めた。

「止めるんじゃないよ。あんただっていずれは客の前で、歌や舞を見せて稼がなきゃならないんだ。これしきのことで、狼狽(うろた)えるんじゃない」

「は、はい」

　歌がなくても、舞の手は覚えている。手拍子に合わせて舞う児鶴に、「そう、そのままお続け」と百万はしゃがれた声を投げた。

「お前もあたしと一緒で、親に売り飛ばされて、あの店に来たんだろう。そんなあたしたちに出来るのは、せいぜい芸を磨いて親兄弟を見返してやることだけなんだからね」

　さあ、舞いな、と命じる百万の頰には、滂沱(ぼうだ)の涙が流れ続けている。差し込む月光がそれを眩(まばゆ)く光らせ、まるで百万自身がぼうと淡い光に包まれているかのように見えた。

「あたしの舞は、あたしがまだ餓鬼(がき)だった頃、おっ母さんが折につけて歌い舞っていたものでね。それを都の衆が喜ぶように、節も歌も自分で面白おかしく変えたのさ」

気丈な百万が親兄弟の話をするのは珍しい。必死に手拍子に合わせて舞いながら、児鶴はその言葉に耳を澄ませた。

「けど、二十年ぶりにここを訪れて、驚いたよ。あたしの故郷ってのは、これほどみじめったらしい片田舎だったんだねえ」

（ここが百万さまの故郷だって）

横目でうかがえば、紅も白粉も落ちた百万の顔は、わずかな間に何十年もの歳月が経ったかと思われるほどに老け込んでいる。逆巻いた髪がその頬を縁取る様が、この陋屋(ろうおく)の主とひどく似ていると感じたのは気のせいだろうか。

「昔、この辺りには、ゆえあって婚家を出された女たちが、身を寄せ合うようにして暮らしていたんだ。浜の網の繕(つくろ)い、山の柴刈り、子守り……幸い、近くの村まで出かければ、仕事は幾らでもあるからね。男を持たぬ山姥の里とか周囲の村々からは呼ばれていたっけ」

けどあたしのおっ母さんは、と続ける百万の声は、感情を失ったかのように平板(へいばん)だった。

「あたしが六つの年、南の漁村に住む男やもめの後添(のちぞ)えにと望まれてね。こんな場所での暮らしに嫌気が差していたのか、あっさりと山を下りちまったのさ」

しかし嫁いだ家には前妻との間に三人もの子がいた上、養父は連れ子である百万をひどく疎んじた。そして遂には、たまたま都から来た人買いに百万を預け、厄介払いをしてしまったのであった。

「一年ほど前だったか。越後から来たお客が、あたしがかつて暮らした山姥の里を知っていると言ったんだ。無論、そのお客はあたしがそこの出だなんて、これっぽっちも知らないよ。だけど、身寄りのない婆さんが一人、まだそこに暮らしているようだと聞いて、矢も楯もたまらなくなっちまったのさ」

何十本もの燭台(しょくだい)を立てた座敷で錦の小袖をまとって舞う百万の姿が、脳裏をよぎる。あれほど艶(あで)やかで美しい舞姿の中に、百万はかつて自分を捨てた母への恨みを籠(こ)め続けていたというのか。

だが百万の話が本当とすれば、先ほどの老婆はいったい誰なのだ。百万の怨嗟(えんさ)に満ちた声を聞くや、老婆ははっきりと顔色を変えて、家を飛び出して行った。もしやたった一人、この山姥の里に暮らしている彼女は、百万の実の母なのではないか。

「――さあ、もっと真剣に舞いな、児鶴。お前だって、自分を売り飛ばした家の奴(やつ)らが憎いだろう。恨めしいだろう。都で生き抜いていこうと思ったら、その憎しみを自分だけの剣(つるぎ)に変えなきゃ、やっていけないんだよ」

おっ母さん、と児鶴は胸の中で呟いた。

大津で桶屋(おけや)を営む実の両親の元から、児鶴が都に売られたのは、三年前。自分が身売りをせねば、傾きかけた店を立て直すことができなかったのは、よく分かっている。だから売り飛ばされたこと、それ自体について両親を恨む気持ちはない。

だが大津から都までは目と鼻の先にもかかわらず、この三年、両親は一度として自分を訪ねて来ない。きっと父と母は店のために忙しいのだ。そう己に言い聞かせれば言い聞かせるほど、胸の底には冷たい風が吹き、口数も笑顔も減ってゆく。

扇の先が小さく震え、目の前の景色がにじんだ。

「なんだい、泣いてるのかい。でもね、あたしたちはどうせ、親から捨てられた者同士。だったらお互い、華やかに装い、歌い舞って、実の親を見返してやろうじゃないか。そうすることが、山姥みたいな親を持っちまったあたしたちに出来る精いっぱいのことだよ」

百万は床を拳で突いて跳ね立った。白い手を閃かせて児鶴に寄り添うと、二人舞を舞うように同じ仕草を始めた。

児鶴が右に行けば、百万も右に行き、左手を翻せば百万も左手を翻す。もはや歌も手拍子もないまま黙々と同じ舞を舞いながらも、児鶴の耳の底には都で幾度となく聞いた百万の歌声が朗々と響き続けていた。

――春は梢に咲くかと待ちし、花を尋ねて山廻り。

山姥は山に棲む鬼女。だが少なくとも先ほどの老婆は、ただの旅人である百万と児鶴に優しかった。

人は弱いものだ。百万の母親は母娘での生活に疲れ、後添えとなることを選んだのだろう。児鶴の両親が自分に会いに来ぬのは、娘を売り飛ばした後ろめたさゆえに違いない。ならば山姥とは、この世の者みなの心の中に等しく棲んでいるものではないか。そして母を恨み、人々を欺いて越後に来た百万も、親に捨てられた哀しみにいまだ打ち震える自分もまた、同じこの世の山姥ではないのか。

がたり、と板戸が鳴った。百万が舞の手を止める。それと同時に黒い影が戸口で身を翻し、あっという間に闇の中に逃げて行った。長い白髪がちらりとなびき、月光を映じて淡く光った。

上ずった怒声を上げつつも、百万の足は床に釘で打ちつけられたように動かない。それに気付いた途端、児鶴は百万の腰に思いきり自らの身体をぶち当てた。

「ちょ、ちょっと何をするんだいッ」

土間によろめき落ちた百万が喚くのに聞こえぬふりで、ぐいぐいと両手でその身体を外に押し出す。戸惑い顔の姉遊女をそのままに、急いで戸を閉ざした。

「児鶴、なにをするんだい。お開けッ」

「嫌ですッ」

自分でも仰天するほどの大声が、喉を迸った。

「ひゃ、百万さまの山姥の曲舞は誰にも真似のできない素晴らしいものですッ。なら、この山の山姥にもぜひ、それを見ていただいてくださいッ」

自分と児鶴は同じだ、と百万は語った。ならば今、自分がいまだ両親への愛着を捨てきれぬように、百万の中にも己を捨てた母への愛情があるはずだ。そうでなければわざわざ周囲に嘘をついてまで、この地を訪れようとするわけがない。

山姥の曲舞は百万の母への憎悪の凝り。そしてたった一つ、母娘を結ぶもの。だからこそ百万はあれほど母に舞を見せようとしていたのだ。

戸口の向こうで、畜生（ちくしょう）ッという叫びが起こる。拳で殴りつけたのだろう。板戸がどんと激しく揺れた。

「お——お前に、お前に何が分かるってんだよ」

「分かりますッ。今はすべては分からないかもしれないけれど、百万さまの年になった頃には、きっと全部分かるようになります」

だから、と児鶴は地団駄（じだんだ）を踏んだ。

「あたしが、百万さまの舞をあの山姥に見てもらいたいんです。売り飛ばされたって、どれだけ辛い目に逢ったって、あたしたちは生き抜いてきたって、山姥に知ってもらいたいんですッ」

しんと冷え切った静寂が、辺りに落ちる。ぜえぜえと荒い息をつきながら、児鶴が板戸を見つめた途端、それが再びどんと一つ揺れた。それきり静まり返った気配に、戸の隙間に顔を押し当てれば、長い髪をなびかせた百万が老婆の後を追うように、斜を駆け上がって行く。淡い月光が照らし出したその姿は、知らぬ者が見れば、山から山へと渡り歩く山姥としか見えぬだろう。

だが、児鶴は知っている。あの百万山姥の行く先には、彼女を山姥へと変えた別の山姥が待っていることを。

老いた山姥は、自分を追ってきた若き山姥の舞をどんな思いで見るのだろう。生きていく限り逃れられぬ人としての業を、その華やかな曲舞の中に見出して苦しむのか。そして百万山姥はそんな老山姥の姿に、新たなる愛憎を更に募らせるのか。

児鶴はゆっくりと戸を開けた。黒々と連なる坂の下、海は夜の陸より更に暗く、ただくり返す波の音だけがその存在を知らせている。

空にかかっていた薄雲はいつしか晴れ、降り注ぐ月光は恐ろしいほどに冴え冴えとしている。いつか——いつか自分もまた、百万のように激しい愛憎を以て、あの両親に向き合う日が来るのだろうか。

「秋はさやけき影を尋ねて、月見るかたにと山廻り——」

思わず唇に乗せた歌に応じるが如く風が吹き、木々の梢が鳴る。それが老山姥の前で踏み鳴らしているだろう百万の足拍子であるように、児鶴には思われた。

小狐の剣――小鍛治

　食べたばかりの朝餉をすべて吐き尽くしても、胸の気持ち悪さは治まらない。葛女は井戸端で身体を二つに折り、激しくえずきながら喉の奥から無理やり薄黄色の水を絞り出した。

「おうおう、可哀想にねえ。胃の腑が空になったら、口を漱ぎなよ。それで少しは楽になるはずだからさ」

　三軒隣に暮らす初老の巫女が、水の満ちた釣瓶桶を片手で提げ、葛女の前に置く。波打つ葛女の背を両手で撫でさすりながら、「で？　幾月だい？」とぐいと顔を近付けた。

　井戸の向こうに建つ作刀場にちらりと目を投げてから、「心配するんじゃないよ。あんたのお父っつぁまには、もちろん黙っててやるさ」と更に声をひそめた。

「ただ、あたしはあんたが心配なんだ。なにせあの口やかましい親父さんのこと、一人娘のあんたが婿もいないのに身ごもったとありゃあ、さぞかし怒り出すだろうと思ってね。相手の男は、このことを知っているのかい？」

月のものが止まったのは、つい二月前。葛女自身、いまだ信じられぬ妊娠を言い当てられた驚きに、さすがに一瞬、吐き気が止む。ありがたく釣瓶桶の水で口を漱いでから、葛女は小さく首を横に振った。

「まだ……多分、まだ知らないはずです」

「そりゃあ、厄介だ。ただこう言っちゃなんだけど、相手の男ってのはどのみち、親父さんの弟子の一人だろう。だったらそいつを婿に取っちまえば、親父さんも納得するんじゃないのかい」

「それは――」

と言いかけた端から、また胸が焼ける。ぐううと喉を鳴らして、葛女は白い首を鶴のように長く伸ばした。

都の七口の一つである洛東・三条粟田口は、古来、多くの刀鍛冶が暮らす町。中でも葛女の父は三条小鍛冶宗近と俗称され、京の内外に名の通った老鍛冶である。腹の子の父親が、現在、宗近の下で働く弟子たちのいずれかであれば、父も自分の妊娠を知ったとてさして目くじらを立てはすまい。だがそれがまったく違う相手であればこそ、葛女はこうも人目を忍んで、悪阻に耐えているのだ。

(豊穂さんはいったいどこでどうしているんだろう)

目尻に思わず涙がにじんだのは、三月前に父の工房から姿を晦ませた豊穂に、いまだ未練があればこそだ。

もしあの時点で、腹に己の子がいると知っていたならば、豊穂は自分を連れて行ってくれただろうか。いや、師である宗近が京の公卿の注文で打った太刀を盗み取り、それを咎めようとした弟弟子たちを突き飛ばして逃げた豊穂だ。妊娠を知っていたとて、あっさり自分を置いていったことは想像に難くないが、そんな男の冷淡さすら今となっては慕わしい。

涙目になった葛女に、これは事情がありそうだと察したのだろう。巫女は葛女の手に手を重ねると、「もし始末するんだったら、いつでもあたしに言うんだよ」と耳元で囁いた。

「子堕しのうまい巫女が、仲間にいるんだ。近所のよしみで、格安で頼んでやるからね」

巫女といっても決まった社に所属しているわけではなく、禁厭祈禱で日銭を稼ぐ怪しげな女たちである。だが腹に誰にも打ち明けられぬ子を宿してしまった今となっては、そのいかがわしさはかえって心強い。巫女に礼を述べ、葛女はふらつく足を励まして立ち上がった。

注連(しめ)を巡らした鍛冶場の火床(ほど)には、すでに火が入れられているらしい。ごおっという風音とともに、薄暗い屋内の隅に眩(まばゆ)いばかりの輝きが立ち上がるのが、井戸端からも見えた。

金屋子神(かなやごかみ)を祀(まつ)る鍛冶場は、古来、女人禁制の場。このため一旦、父やその弟子たちが仕事にかかれば、夕刻まで彼らと顔を合わせることはない。その事実に安堵しながら、葛女は鍛冶場の隣に立つ家に戻り、のろのろと厨(くりや)の片付けに取りかかった。とはいえ考えまいとすればするほど思いが至るのは、腹の子と自分のこれからである。

もともと豊穂は、現在、宗近の右腕として働く黐麻呂(もちまろ)の幼馴染。二人同時に刀匠を志し、十歳の春、連れ立って宗近の元に入門した相弟子同士である。

ただ万事慎重な黐麻呂が師の一挙手一投足を揺るがせにせず学ぼうとするのに対し、豊穂は持ち前の聡明さで土が水を吸うかのように宗近の技を学び、わずか十年で宗近の向(む)こう鎚(づち)に名指しされるに至った。

そして宗近自身も、飲み込みが早く、一を聞いて十を知る豊穂を頼みにし、ついには名立たる公卿衆の使いの仲立ちを任せるに至った。とはいえ、そんな師の信頼が豊穂を慢心させたであろうことは、今となっては火を見るよりも明らかであった。

葛女が無口で表情の読めぬ鏑麻呂より、弁も腕も立つ豊穂に惹(ひ)かれたのは当然の理。しかしながら豊穂からすれば、葛女との恋はただの遊びでしかなかったのだろう。そうでなければよりにもよって宗近を裏切り、出奔するわけがない。そうと知りつつもなお、男に対して未練が湧く自らが、葛女にはあまりに情けなくてならなかった。

現在、宗近の元で働く弟子たちは、鏑麻呂を含めて六人。十年前に母が亡くなって以来、その身の回りの世話はすべて葛女の仕事となっている。食べ散らかされたままの膳をのろのろと片付け、葛女は汚れた器を井戸端に運んだ。

巫女はすでに自分の家に戻ったらしく、中庭には冷たい秋風ばかりが吹き過ぎている。古びた桶に水を空け、米粒のこびりついた飯椀を洗い始めたその時である。

「おい、女子(おなご)。三条小鍛冶宗近という刀匠の家は、この辺りか」

権高(けんだか)な問いに振り返れば、毛並のいい栗毛の馬にまたがった指貫(さしぬき)姿の老人が、ぎょろりとした目で葛女を見下ろしている。萎烏帽子(なええぼし)をかぶったすまし顔の従僕が、その轡(くつわ)を取っていた。

「は、はい。宗近の住まいであれば、わたくしの家でございます」

あわててその場に膝をついた葛女に、男はそうか、と呟(つぶや)いた。改めて眺めれば、その背後には腰に刀を帯びた武人が四人も居並び、鋭い目を四囲に配っている。

　都の内外に名の轟(とどろ)いた刀匠だけに、身分あるお方の家令が宗近の元を訪れることは珍しくない。しかしながら馬上の男の品のいい練絹(ねりぎぬ)の狩衣(かりぎぬ)指貫といい、屈強な武人を幾人も従えた様といい、目の前の一行はおよそ葛女がこれまで接してきた客とは比べものにならない賑々(にぎにぎ)しさである。

「あ、あの……父に御用でございましょうか」

　と、葛女はからからに乾いた唇を励まして問うた。

「おお、おぬしは宗近の娘か。ならば話は早いな」

　かたわらの武人とうなずき合い、男は小さく足掻(あが)く馬の手綱を引きそばめた。

「わしは蔵人頭の橘 道成(たちばなのみちなり)じゃ。畏れ多くも主上(おかみ)（帝）より宗近に御剣(みつるぎ)を作れとの勅命を預かり、こうして粟田口までやってまいった」

「お、主上でございますと」

　仰天のあまり腰がふらつき、葛女はその場に尻餅をついた。

「さようじゃ。されどこれはあくまで密かな勅諚(ちょくじょう)ゆえ、決して口外はならぬ。さあ、早くわしを宗近の元に案内せよ」

「は、はい。しばし、しばしお待ちくださいませ」

葛女は裾を乱して立ち上がり、鍛冶場に向かって駆けた。

宗近は普段、女が注連越しに鍛冶場内に声をかけることすら嫌う。だが今は、そんなことを言っている場合ではない。開け放たれたままの板戸の奥に向かい、「お、お父っつぁま」と葛女は叫んだ。

折しも、玉鋼（たまはがね）の鍛造を行っている最中なのだろう。娘の声が聞こえておらぬわけでもなかろうに、白の浄衣に身を包んだ宗近は真っ赤に沸き立った湯（溶鉄）を見つめたまま、眉（まゆ）一筋動かそうとしない。代わって鍛冶場の隅に控えていた麴麻呂がのっそり立ち上がり、葛女の前に立ちはだかった。

「何の御用ですか。ご覧の通り、お師匠さまは手が離せません」

「勅使さまがお越しです。なんでも親父さまに、御剣を打たせたいと仰せとか」

「勅使さまでございますと」

さすがの麴麻呂が、細い目をぎょっと見開く。急いで宗近のかたわらに取って返し、その耳元で何事か告げた。

全身汗まみれになった宗近が、鎚を握る手を留めて、こちらを振り返る。葛女の肩越しに馬上の勅使を見止めた様子で、大きく一つ、息をついた。

「帝(みかど)が夢をご覧になられたのじゃ」

葛女があわてて片付けた板間に上がり込んだ勅使は、手近な円座にどっしりと尻を下ろし、身形(みなり)を改めた宗近に言い放った。

「国家安寧を祈願すべき名刀を三条小鍛冶宗近に打たせよという、不思議の夢告(むこく)でいらしたそうでな。ただそもそも主上はおぬしの名はもちろん、三条粟田口に集住する刀鍛冶どものこともご存じない。それだけにこれは伊勢の御神のありがたき御(お)告(つげ)に違いないと仰せになられ、こうしてわしが罷(まか)り越したわけじゃ」

「それはまことにありがたきご下命、ただただ恐懼(きょうく)するばかりでございます」

年の割に皺の目立つ顔を、宗近は深々と伏せた。

「されどまことに申し訳ございませんが、このご下命、お受けするわけにはまいりませぬ」

なに、と橘道成が腰を浮かすのと同時に、板壁の向こうで複数の驚きの声が上がった。突然の勅使の訪れに驚いた弟子たちが、板間の外壁に身を寄せ合って聞き耳を立てているのだ。

宗近はその声の方角にちらりと目を走らせてから、「どうぞお許しくださいませ」と板の間に両手をついた。

「ならぬぞ。これは主上が得られた御告によるものだ。おぬしの如き一介の刀匠に、断れる道理がなかろう」

「無論、わしとて受けられる勅命であれば、ありがたくお受けいたします。されど、ただいまわしの元には、帝に奉る刀をともに作れるほどの向こう鎚がおりませぬ」

「向こう鎚じゃと」

「さようでございます。向こう鎚は刀匠を助け、力を添える大切な役目。鉄を沸かし（溶かし）、鍛える際、わしとともに鎚を打てるだけの腕を持つ弟子がおらぬとなれば、出来上がる刀の質は必ずや落ちましょう。それをおさおさ知りながら、かほどありがたきお役目は受けられませぬ。何卒、この勤めは他の刀匠に譲りたく存じます」

板壁の向こうで、今度はがたり、と物音がした。驚いて振り返った葛女の視界の隅を、足早に鍛冶場に向かって立ち去る鞆麻呂の影がよぎった。

もし豊穂がいまだこの鍛冶場にいたならば、宗近はためらうことなく勅命を受けたのに違いない。そう気付いた途端、忘れていた吐き気が再び胸に甦り、葛女は口元を押さえて立ち上がった。

「ならぬ。ならぬぞ、宗近。向こう鎚如き、さしたる苦もなく見つけることが出来来よう。

「ありがたき主上の勅諚を拒むなぞ、なんとしても許されぬぞ」

橘道成の怒声が、葛女の背を叩く。それが自分に代わって愛しい男を呼び召そうとしているかのように、葛女には思われた。

胃の腑のものを今度こそすべて吐きつくし、口を漱いでから母屋に駆け戻れば、すでに勅使一行の姿はない。

板壁に張り付いていた弟子たちが、葛女の姿に決まり悪げに顔を見合わせ、こそこそと鍛冶場に戻って行く。それに背を向けて板間に飛び込めば、宗近は円座から半ば尻をすべり落としたまま、その場にうな垂れている。

お父っつぁま、という葛女の呼びかけに暗い目を上げ、一つ、大きな息をついた。

「葛女か。すまんが、今すぐ五条の三津屋まで行って、主を呼んできてくれ。どのような刀を打ち奉るにしても、まずはとびきり上質の鉄が要るからな」

刀剣の出来の半分は、材料である鉄で決まると言っても過言ではない。五条の三津屋は常に質のよい播磨砂鉄を蓄え、宮城の典鋳司にも出入りを許されている鋼屋である。ただ扱う品が上質な分、値が張ることでも知られており、さすがの宗近も三津屋から砂鉄を求めるのはよほど大事な仕事の際に限られていた。

「じゃあ、お父っつぁまは」

勅使さまの仕事を受けたのですか、と続けかけた葛女を、宗近はじろりと睨み上げた。女は仕事に口出しをするなとばかり、「さっさと行ってこい」と外に向かって顎をしゃくった。

「それと、明日からしばらく忙しくなるからな。余計なことで、わしを手間取らせるではないぞ」

床に両手をついて跳ね立ち、宗近は乱暴に足半を突っかけた。そのまま大股に鍛冶場に向かう背には、先ほどまでの戸惑いはない。

帝の勅命による作刀は、京の刀鍛冶にとってはまたとない誉れ。それだけに宗近はまずは鉄を買い入れ、玉鋼を作りながら、頼りになる相鎚を探そうと決めたのだろう。

しかし京広しと雖も、宗近ほどの刀鍛冶は幾人もいない。ましてやその眼がねに適う相鎚が、そう簡単に見つけられるとは思い難かった。

（やっぱり、豊穂さんさえいてくれたなら）

それが哀しい繰り言であると理解しつつも、去った男への未練がこみ上げる。葛女は唇を嚙みしめ、なだらかな三条の坂を西へと下り始めた。

鴨川堤下の雑踏を避け、葉を落とした柳が揺れる土手道を川下へと向かう。川風に吹かれながら五条大橋を渡り、三津屋の門口へと踏み込もうとした。

「おい。ちょっと、あんた」

隣の店との路地から駆け出して来た一人の老爺が、葛女の腕を突然むずと摑んだ。穴が開いた萎烏帽子こそかぶっているが、その小袖はところどころが破れ、色違いの糸で不器用に繕われている。むさくるしく髭（ひげ）を生やしたその姿に、葛女は思わず悲鳴を上げた。

だが老人はそんな葛女に、「おいおい。なにも悪さをしようってんじゃねえんだ」と呆（あき）れた様子で呟いた。

「鋼屋に用事ってことは、あんた、どこぞの鋳物師か鍛冶師の奉公人だろう。ちょっと、相談に乗ってもらいてえことがあるんだよ」

そう語る口調は柔らかで、皺に囲まれた眸（ひとみ）は牛のそれの如く優しい。半ば逃げ出しかけていた足を、葛女は辛うじて留めた。

「そ、相談事なら、あたしじゃなく、このお店のお人に持ちかければいいじゃないですか」

「そりゃあ、とっくの昔に頼んでみたさ。それがこんな恰好のせいか、犬でも追い払うみてえに叩き出されちまってよ」

　しょぼんと肩を落とす老爺の姿に、葛女は己の胸に手を当てて、息を整えた。

　考えてみれば自分とて、この腹の子をどうすればいいか、父親にも誰にも相談できずに困っている。そう思えば相談事の内容はともかく、その心細さは分からぬでもなかった。

「分かりましたよ。けどあたしはまず、このお店で用を済まさなきゃならないんです。その後でもよかったら、話を聞きましょう」

　その途端、老爺の顔が陽でも差したかのように明るんだ。

「ありがとうよ。あんた、優しい娘っ子だなあ」

「じゃあ、この路地で少し待っていてください。すぐに戻って来ますから」

　そう言い置いて三津屋に踏み入れば、顔見知りの年輩の奉公人がすぐさま、小腰を屈めて葛女を出迎えた。生憎、店の主は留守であったが、京屈指の名刀匠・三条小鍛治宗近からの呼び出しと聞き、何かしら勘付くところがあったのだろう。

「必ず今日明日中に、主をうかがわせます。しばしお待ちください」

　と請け合う奉公人に「よろしく頼みます」と念押しして、葛女は足早に店を出た。

　先ほどの路地を覗き込めば、老爺は薄暗い日陰に膝を抱えてうずくまっている。

葛女の姿に、「すまねえなあ。本当に恩に着るよ」と言いながら嬉しげに立ち上がった。

「実はよ。おいらは八条大路の裏路地で宿屋を営んでいるんだが、かれこれ半月も前から居続けている野郎がいて、困ってるんだ」

京の都は南に行くほど風紀が悪く、ことに東西両市のある七条大路以南はそれが顕著である。宿屋と名乗ってはいても、八条大路の裏路地ともなれば一つ間に数人が雑魚寝(ざこね)する雑駁(ざっぱく)さであることは、容易に察しがついた。

「昼間っから酒をかっ食らい、夜ともなると遊行女婦(うかれめ)を抱きに行くろくでもねえ奴(やつ)でよ。なかなか宿代を払ってくれねえから少しだけでも何とかしてくれと泣きついたら、握り拳ほどの重たい石を二、三個、渡して寄越したんだ」

「石、ですか」

困惑顔の葛女を促して道を南に取りながら、老爺はああとうなずいた。

「その野郎、うちの部屋にそんな石の入った袋を三つも四つも蓄えていてよ。この石は鋼屋に持って行けばずいぶんな銭になると言いやがったんだが、なにせあまりに重すぎて運ぶだけでもひと苦労だ。それで鋼屋から誰か品定めに来てもらえねえかと思っていた矢先、あんたに行き逢ったわけだ」

頑固で昔かたぎの宗近は作刀に他者の手が入るのを喜ばず、鋼屋から砂鉄を買い、刀の元になる玉鋼を自ら拵える。ただ近江（現在の滋賀県）や摂津（大阪府北部・兵庫県南東部）界隈には玉鋼作りを専門に行うたたら師が多く暮らしており、京の刀匠の中には彼らから玉鋼を求めて、刀を打つ者も多かった。

重い石の入った袋を幾つも携えているとなれば、もしかしたらその男は京に玉鋼を売りに来たたたら師かもしれない。宗近自身は他人の作った玉鋼には手も触れないが、鍛冶場の見習いたちは安い玉鋼を求めて来ては、作刀の稽古用に使っている。もし本当にその男が玉鋼を持っているのであれば、鍛冶場で買い取ってやってもいいと葛女は思った。

「そうれ、ここだ。遠慮なく上がっておくれ。いやはや、おいらは元々商才ってものがなくってさ。石に限らず、何が銭になって何がならねえのか、いま一つよく分かっちゃいねえんだ」

大路を折れ、細道を幾度も曲がった末にたどり着いたのは、いつ崩れても不思議ではないほどに傾いたあばら屋であった。いや、実際に屋根は一部が崩れ、黒光りする柱が青空に向かって佇立している。

こんな陋屋に泊まる者がいるのか、と葛女は門口で立ちすくんだ。老爺はそんな葛女にはお構いなしにあばら屋に入り込み、「おおい、ちょっと、あんた。その袋を運んでくれよ」と家の奥に声をかけた。

「いま、あんたの石の価値が分かりそうな娘さんを連れて来たぞ。あんたもそいつを宿代に替えたいのなら、少しぐらい手伝ってくれてもいいだろう」

「娘だって。女如きに、この玉鋼の値が分かるもんか」

しゃがれた声とともに、どすどすという足音がして、目の前の陋屋が揺れる。その途端、葛女は冷たいものに胸を貫かれるにも似た衝撃を覚えた。

「この玉鋼は、俺が摂津のたたら師のところで買い付けてきたんだ。本当だったら、こんなしけた宿屋の宿賃に使うなんぞ、もったいねえほどの品なんだぞ」

己の手足がぶるぶると震えるのを、葛女は止められなかった。まさか、と唇を震わせながら門口に転がり込み、「と――豊穂さん」とかすれ声を上げた。

その途端、宿屋の奥で立ち上がった人影が、ぎょっと身動きを止める。肩に担ぎ上げようとしていた袋を中途半端に下げたまま、低い呻き(うめ)を漏らした。

「――葛女じゃねえか」

「なんだい。あんたたち、知り合いなのかい」

老爺が立ちすくむ豊穂と葛女を見比べ、素(す)っ頓狂(とんきょう)に叫ぶ。それと同時に豊穂の身体が跳ね、葛女を突き飛ばして、宿の外へと駆け出した。

「待ってちょうだい。豊穂さんッ」

背中が門口の柱に当たり、じんじんと痛む。葛女はそれを堪(こら)え、裾を乱して豊穂の後を追った。

「話があるのッ。お願いだから、待ってちょうだいッ」

あまりにあわてたのが悪かったのか、半町ほど先の辻で、豊穂が足元をすくわれたかのようにすっころぶ。そのかたわらに走り寄り、葛女は豊穂にすがりついた。

その身体からは饐(す)えた臭いが漂い、かつて美しく整えられていた髪や髭は見る影もなく乱れている。宗近の元から盗み出した刀はどうしたのか、なぜ自分を置き去りにしたのかという恨み言が次々と胸にこみ上げ、かえって言葉にならない。その代わり、堪えても堪えきれぬ涙が、ぼたぼたと豊穂の胸を濡らした。

「おめえ……どうやって、俺を探し当てたんだ」

「さ、探し当てたんじゃないよ。そりゃ、どこかに行ってしまったのだろうとずっと案じてはいたけれど」

往来を行き交う人々が、葛女と豊穂を遠巻きにしている。だが今の葛女には、そんなことは皆目(かいもく)、目に入っていなかった。頬の涙を素早く拭き、豊穂の袖を摑んだ。

「親父さまの元に帰ってきてちょうだい。親父さまはいま、大変な仕事を仰せ付けられ、豊穂みたいな相鎚が必要だと頭を抱えてらっしゃるのよ」

「ふん、馬鹿をぬかすなよ」

豊穂は葛女の腕を振りほどき、膝の土を払いながら立ち上がった。

「俺ァ、その親父どのの元から大切な刀を盗んで逃げ出したんだぞ。そんなところにのこのこと顔を出してみろ。すぐさま京職を呼ばれて、とっ捕まっちまうさ」

そんなはずはない。宗近はどんなことにも増して、刀作りを第一に考える男である。そして今の彼にとっては、勅命の御剣を打ち上げることこそがなにより大事。その相鎚を果たしうる者を得るためであれば、過去の盗みの一つや二つ、そ知らぬ顔をするに違いない。

「よ、ようやく追い付いたよ。ああ、もう、二人とも足が速いねえ」

この時、激しく息を切らしながら、宿屋の老爺が二人の間に割り込んだ。何かわけがあると踏んだのか、およそ老人とは思い難い力で豊穂と葛女の腕をむずと摑んだ。

「とにかく、うちに戻ろうじゃないか。どういう仔細があるのか分からないが、落ち着いて話をすれば落着するかもしれないよ」

それ、と老爺は辻の片隅に立つ小祠を目顔で指した。古びてはいるが参詣者が多いと見え、その両脇には小さな野の花が慎ましく供えられていた。

「こんなところで揉めていちゃあ、辻の稲荷神さまにご心配をおかけするだけだからさ」

「ふん、稲荷神さまねえ。そういや、お師匠さまも常々、金屋子神に加え、稲荷神さまを信仰していらしたよな」

嘲る口調で、豊穂が呟く。その冷淡さを懐かしくも悲しくも感じながら、葛女は自らの下腹にそっと手を当てた。


老爺に導かれるまま宿屋に戻り、葛女は父の宗近に御剣奉鋳の勅命が下されたことを涙ながらに語った。

豊穂は当初、仏頂面で腕を組み、そっぽを向いていた。しかし宗近が役目を果たすに足る相鎚の不在を口実に勅命を断ろうとしたこと、それでも押し切られる形で渋々、下命を受けたことを聞くと、こればかりは昔と変わらぬ形のいい目を意味ありげに底光らせた。

「つまり、葛女。おめえ、どうしても俺に戻ってもらいたくて、ここを探し当てたわけか」

違う、と言いかけて、葛女は唇を噛んだ。

聡明な豊穂は、自らの腕をよく承知している。そうだ、腹の子の父親たる彼に戻ってきてもらうためには、あの勅命を利用するに如くはない。唇をわななかせながら、「そ、そうだよ」と葛女はうなずいた。

「お父っつぁまも勅命の刀を作るには、豊穂さんの相鎚が要るって分かっているはずさ。だから、どうか戻ってきておくれ」

「よく分からねえが、悪い話じゃなさそうだな。なあ、娘さんの言う通りにしなよ」

湿った板の間の片隅で話を聞いていた宿屋の老爺が、大仰な仕草で膝を打った。

「そうすりゃその手間賃で、うちの宿代の払いも賄えるんだろう。おいらもこの娘さんもおめえも三方大助かりってわけだ」

「うるせえ。ちょっと黙ってろ」

そう老爺を怒鳴りつけながらも、豊穂の唇の端には自慢げな笑みが浮かんでいる。とっくの昔に捨てた女が自分にすがりつき、その上、またとない大任の相鎚までが転がり込んだ事実に、嬉しさが隠せぬ様子であった。

　豊穂は元々驕慢なところがあり、宗近の弟子の間でも爪弾きにされていた。そんな中で唯一、鞴麻呂だけは幼馴染のよしみから彼を仲間の輪に引き入れようとしたが、豊穂は生真面目な鞴麻呂を小馬鹿にし、その気遣いを嘲笑っていた。

　久方ぶりに顔を合わせれば、豊穂の挙措には粗暴さが増し、高慢な笑みが塗り過ぎた白粉の如く浮かび上がっている。胸底に湧いた微かな嫌悪を振り払い、「お父っつぁまにはあたしからも頼むからさ」と葛女は畳みかけた。

「三津屋に行く途中、偶然、さっきの辻で行きあったことにするよ。豊穂さんもさっき口にした通り、お父っつぁまはかねてから、お稲荷さまを熱心に信じているから。稲荷神さまのお導きだと言えば無下にはあしらわないはずさ」

「確かに。お師匠さまは妙なところで、頭が固かったからな」

　葛女は豊穂を急き立てて荷物をまとめさせると、宿代は後日払いに来ると請け合い、自分の名と家を老爺に告げて宿を飛び出した。豊穂の腕を逃がすまいと摑んで繁華な三条大路を駆け、宗近の名を呼びながら作刀場の板戸を押し開いた。

「どうした、葛女。女子はここに近付いてはならんと――」

　火床のかたわらに難しい顔で腰を下ろしていた宗近が、小言を言いつつこちらを顧みる。他の弟子とともに壁際に控えていた鞴麻呂が、「あっ」と声を上げた。

「と、豊穂。お前」

「よう、鏫麻呂。久しぶりだな」

ここまでの道中、葛女が握っていた袖を、豊穂は強い力で振り払った。髭に覆われた頬に薄い笑みを浮かべ、「お師匠さまもご無沙汰しました。八条大宮の稲荷さまの祠の前で、偶然、葛女さまと行き逢いましてねえ」と言いつつ、作刀場の土間にのっそり踏み入った。

作刀の神である金屋子神を祀る作刀場には、女子は踏み入ることが許されない。敷居際に立ちすくみ、葛女は豊穂とその肩越しに見える宗近の強張（こわば）った顔を見比べた。格子（こうし）窓（まど）から斜めに差し込む日の色が、自分と豊穂を隔てる垣の如くくっきりと鮮やかだった。

葛女の考え通り、宗近は豊穂の以前の盗みを咎めなかった。そればかりか止むを得ぬ、と言いたげな表情でため息をついた。

「八条大宮の稲荷神さまといえば、小祠ながらも霊験あらたかなお社だ。そんなところで葛女と巡り逢うのも、なにかのお導きだろう。鏫麻呂、こいつに直垂（ひたたれ）と袴を貸してやれ。そんな恰好じゃ、金屋子神さまや稲荷神さまに申し訳が立たん。——

それに、葛女」

　野太い声で名を呼ばれ、葛女はその場に飛び上がった。

「鉄の仕入れのため、三津屋の主を呼べと言ったのはどうなった。豊穂が戻ったのだ。こうなればすぐにも勅の刀を打ち奉るぞ」

「お師匠さま。鉄ならいい鋼がございますよ」

　宗近を遮って、豊穂は背負ってきた袋を無造作に下ろした。口紐を解いたそれを、宗近の前に押しやった。

「お師匠さまの元を失礼した後、摂津で修行して作ったものでございます。そりゃあ、お師匠さまの鋼には及びますまいが、それでも下手な店の売り物よりはよほど質はいいかと」

　宗近は目の前の袋に手を突っ込んだ。拳ほどの大きさの鋼を取り出すと、それを手元の鎚で軽く叩き、低い呻きを漏らした。

「なるほど、確かに悪くはない。煮返せばさぞいい鉄になるだろう」

　今から三津屋の主を呼んだとて、上質の砂鉄がすぐに手に入るとは限らない。それだけに勅の刀をつつがなく仕上げるためにも、ここは豊穂を信じようと決めたらしい。よし、とうなずいて、宗近は壁際の弟子たちを振り返った。

「すぐに火床に炭を入れろ。これから積み沸かし（鍛接）を始めるぞ」

おうっ、という応えと共に弟子たちが跳ね立ち、土間の隅から炭俵を引っ張り出した。鞴麻呂はそれを尻目に、豊穂を自分の部屋へと連れて行く。相変わらず生真面目な鞴麻呂の表情が、妙にはっきり葛女の眼裏（まなうら）に焼きついた。

宗近の工房では、作刀が始まった後は、板戸はもちろん四囲の窓までが締め切られ、数名の弟子にのみ、宗近の用を弁ずるための出入りが許される。それは積み沸かしの際の火の色に始まり、鉄を鍛えては折り重ねる下鍛えの回数、焼き入れに用いる水の熱さまで、すべてが宗近の工夫に基づく秘伝であるためだ。

翌日、いよいよ始まった豊穂の向こう鎚の音に、葛女は井戸端から作刀場に向かって手を合わせた。

「どうか無事に刀が打ち上がりますように――」

これまで幾度となく相鎚の音を聞きながらも、作刀の成功を願ったことなぞ一度もなかった。だが勅刀（ちょくとう）のつつがない仕上がりが、そのまま自分と豊穂、そして腹の子の今後の暮らしを安堵すると思うと、今度ばかりは鎚音一つ一つに身の引き締まる思いがした。

ただその一方で、いまだ葛女は腹の子の存在を豊穂に告げられずにいる。工房中が勅の刀を作り上げることだけに心を傾けている今、そんな私事を口にして、何より宗近が何と言うかが恐ろしくてならないためだ。また勅命を好機に、悪びれもせずこの作刀場に戻って来た彼が、果たして今後もおとなしく粟田口に留まり続けるかとの不安も、葛女の胸を大きく揺さぶっていた。

　不安な思いで目をしばたたいた時、作刀場の板戸が開き、鞴麻呂が大盥（おおだらい）を抱えて飛び出してきた。土置きに用いる刃土（はつち）の支度だろう。小屋の裏手に積み上げられた泥を両手で盥に移し、そのまま作刀場に戻って行った。

　真面目な鞴麻呂が夫であれば、自分も腹の子もどれだけ安心して日々を送れるだろう。ふとそんなことを考えた己に狼狽（ろうばい）し、葛女は逃げるように井戸端を後にしたが、男たちが奮闘して勅の刀を打ちあげた翌日、思いがけない騒動が持ち上がった。

「ないッ。刀が、勅の刀がないぞッ」

　まだ夜が明けきらぬ払暁（ふつぎょう）、宗近の絶叫に起き出せば、鍛錬場の神棚に供えられていたはずの刀は跡形もなく、ただ踏み折られた三方（さんぼう）だけが薄暗い土間に落ちている。

　庭をはさんだ長屋から飛び出してきた弟子を、宗近は血走った目で見回した。その中に豊穂の姿がないと検（あらた）めるなり、「お、おのれッ」と怒鳴って、地団駄（じだんだ）を踏んだ。

「豊穂めッ。わしをよくも虚仮(こけ)にしよってッ」

葛女はその罵声(ばせい)を背に、この数日、豊穂が使っていた長屋の一室に駆け込んだ。だがそこには豊穂の姿はもちろん、つい昨夜まで土間の隅に置かれていた袋すら見当たらない。

豊穂の名を呻いて、葛女は冷たい土間に膝をついた。彼が真っ当な気性(きしょう)でないことは、よくよく分かっていた。だがそれでもその心根が、勅の刀にすら手をつけるほどにねじ曲がっていたとは。

自分のせいだ。幾ら腹の子の父とはいえ、あの豊穂に自分さえ心を残したりしなければ。そうすれば宗近はどうにか相鎚を見つけ、見事、勅の刀を奉ることができただろう。

後悔の涙が、ぼとぼとと手を叩く。あふれる嗚咽(おえつ)に葛女が肩を波打たせたそのとき、「おおい。葛女っていぅ女子の家はここかのう」という聞き覚えのある声が、遠くで弾けた。

涙を拭って長屋を出れば、あの八条の宿屋の老爺が足をよろめかせながらこちらに近付いてくる。折しも差し始めた曙光がその半身を眩く照らし出し、肩に背負われた大袋と脇にたばさまれた長い布包みを浮かび上がらせた。

「ああ、重い。あの男も、もっと他のものを落として行けばよかろうになあ」

老爺がそうぼやきながら、井戸端に袋を置く。その途端、辺りに響いた重たげな音に、作刀場から出てきた弟子たちが顔を見合わせた。

老爺はそれには目もくれずに四囲を見廻し、葛女をせわしく手招いた。

「おお、おった、おった。娘さんよ。あんたの知り合いの男は、まったくろくな奴じゃないのう。さっき、たまたま八条大宮の辻で行き逢ったゆえ、先だっての宿代はいつ払ってもらえるのじゃと問いかけたら、わしを突き飛ばして逃げて行ったぞ」

一瞬、老爺の言葉の意味を捕らえそこね、葛女はその場に棒立ちになった。だがすぐに泳ぐような足どりで彼に駆け寄り、「そ、それは豊穂さんのことですか」と問い詰めた。

「名前なんて知るものかい。とにかくあんたがうちから連れて行った野郎だよ」

老爺によれば、豊穂を見かけたのは、八条大宮の辻の稲荷社の神前に酒を供えに行こうとした途次。あっと叫んだ老爺の姿に、豊穂は狼狽したあわてぶりでその場を走り出した。追いすがる老爺を突き飛ばした際、背にくくりつけていた細長い布包みと背負っていた大袋を落としたものの、それにすら気付かぬあわてぶりで大路をまっすぐ南に駆けて行ったという。

「けど以前も話した通り、おいらにゃどんなものが銭になるのか、よく分からねえからさ。だからあんたにそれを教えてもらおうと思って、とにかくここまで持ってきたのさ」

「豊穂がどうしたッ」

作刀場から飛び出してきた宗近は、老爺が差し出した長い包みを目にするなり、ものも言わずにそれをひったくった。震える手でその布を剝ぎ取り、ああっと喚いて老爺に詰め寄った。

「こ、これは昨日作り上げたばかりの小狐丸だッ。おい、お爺。豊穂が盗んでいったこれを、いったいどこで拾ったのじゃッ」

「うるさいのう。おいらを爺と呼ぶおぬしこそ、そこそこの老人だろうに」

うるさげに宗近に背を向け、老爺は呆然と突っ立ったままの葛女を仰いだ。「のう、娘さんや」と言って、葛女の耳に口を寄せるように、わずかに爪先立った。

「悪いことは言わん。あの男は止めておけ。あんたほどの娘御じゃったら、他にも幾らでもいい男がおろうが」

は、はい——といううなずき声が喉に詰まり、葛女は口元を両手で押さえた。

もしこの老爺が八条の辻で自分と豊穂を引き留めなかったならば、豊穂は宗近の元に戻らず、自分がその爛れきった本性を知ることもなかっただろう。そう思うと目の前の老人が、あの小さな祠に宿る稲荷神の化身の如く感じられる。

葛女はぺたりとその場に膝をつき、両手で顔を覆った。どこか生真面目さを感じさせる足音が近付いてきたかと思うと、大きな掌が静かに肩を叩く。その遠慮がちな掌の優しさが、涙に凝った身体にひどく優しかった。

稚児桜(ちござくら)——花月(かげつ)

明け染めた春の夜に、望月が淡く霞んでいる。清水寺の本堂前へと至る長い坂を登ろうとしていた藤内は、紫色の小袖を被いた人影が坂上より下りてくるのに気付き、足を止めた。

まだ総門が閉ざされているこの時刻、境内にいるのは寺の者に限られている。しかもようやく藤内たち寺男が起き出してきた払暁にうろうろしているとなれば、心当たりは一つしかない。

藤内はごほんと咳払いをして、「今、勤めの帰りか。ご苦労だのう」と呼びかけた。

その途端、白粉の香りをまとわりつかせた人影の足が速くなる。被衣の奥から覗いた白い顔の中で、形のいい目がきらりと光った。

「なんだ。誰かと思えば、藤内かよ」

女のように化粧をした童形の割に、その口調は荒っぽい。花月か、と唇だけで呟き、藤内はこみ上げるため息を押し殺した。よりにもよって、一番面倒な相手に話しかけてしまった後悔が、じわじわと胸の底からこみ上げてきた。

昼は僧の身の回りの雑用を弁じ、夜ともなれば閨の相手を行う稚児が、清水寺には現在十数人暮らしている。その中でも今年十四歳の花月は、僧侶ばかりか清水寺門前の者たちからも可愛がられる人気の稚児。ただ、常に美々しく着飾り、曲舞や歌までをよくする花月は、その可憐な面差しとは裏腹に、藤内たち寺男や年下の稚児に対してひどく意地が悪い。

つい先だっても、まだ寺に来て一年足らずの百合若という稚児を口汚くいびり、たまりかねた百合若が清水の舞台から飛び降りようとする騒ぎとなった。だがそれでも駆けつけた寺僧には笑みを振りまき、「おいらが百合若をちょっと叱り過ぎたんだ。だからあいつを怒らないでおくれよ」と装う性悪に、藤内たち寺男はほとほとあきれ返っていた。

(わしの孫と一つ二つしか年が変わらぬ癖に、まったく末恐ろしい奴だ)

花月はつんと顎を上げると、爪先立つような足取りで藤内とすれ違った。だがすぐに足を止めて頭を巡らせ、

「あのさ、おいら、腹が減ってるんだよ。あとで寝小屋に結び飯を持って来てくれよ」

と甲高い声で言った。

「なんじゃ。廣栄さまのところで夕餉をいただいておらぬのか」

稚児たちは坂下の小屋に集まって寝起きしながらも、そこで飯が与えられるのは朝の一度のみ。夕餉はそれぞれが夜伽をする僧侶の元で、一夜の相手の給仕を行った後、余りものをいただくのが習わしであった。

「食うには食ったけど、あんなもの、とっくにこなれちまってらあ。どうせ朝飯はまた、目の玉が映りそうな薄い粥だろう。そんなものだけじゃ、また今夜まで腹が持ちゃしねえ」

これが他の稚児であれば、藤内も言うことなぞ聞きはしない。しかし花月は寺の寺務を一手に担う役僧・廣栄のお気に入り。稚児だからと言って邪慳にしては、しがない藤内などいつ勤めを失うか知れたものではない。

「分かった。少し待て」

「言っとくけど、ただの塩結びはご免だよ。菜のひと色ぐらいなくっちゃあ」

ふざけたことを、と舌打ちしたいのを嚙み殺し、藤内は一つうなずいた。風にふわふわと揺れる被衣から目を引き離し、石段を登り始めた。

本堂の裏手から北に回り込み、立て込んだ諸堂の間をのろのろと歩む。ちょうど厨(くりや)では飯や粥を拵(こしら)え始めている時刻だけに、誰ぞに頼んで結び飯を拵えさせるぐらい、さして難しくはない。だがそうと知りつつもどうにも気が進まぬのは、

(おそらく昨夜も、百合若は飯にありつけておるまいなあ)

との思いが、胸をよぎるからだ。

百合若は花月と同い年。ただ七歳で筑紫(つくし)(現在の福岡県)から売り飛ばされてきた花月とは異なり、寺稚児の中でもっとも新参の百合若は、いまだ稚児の勤めに慣れていない。

それでも寺に来てしばらくの間は、初物好きの役僧たちがこぞって己(おのれ)の寝間に百合若を呼んだ。しかし三月、半年と日が経つにつれ、僧はみな、

「百合若は愛想が悪くてならん」

「添(そ)い臥(ぶ)しを命じても、身体を堅くして横たわるばかり。あれならば丸太でも抱いたほうがましじゃ」

と文句を言い出し、今や百合若を召そうとする者はだれ一人いない。

これで気概のある稚児であれば、芸の腕を磨き、世辞の一つも使って、みなの寵(ちょう)愛(あい)を得ようとするのだろう。だがいまだ売られた身を嘆き、暇さえあれば涙にくれる百合若は、同輩が夕刻から着飾り、それぞれの僧房に出かけていくのを他所(よそ)に、

薄暗い寝小屋で毎夜、一人留守番を決め込んでいる。

（まあ、商家に奉公に出るつもりで村を出たのが、その面差しの美しさが仇となり、騙されてこの寺に売り飛ばされたというのだから、それもしかたあるまいが）

清水寺に限らず、都の大寺に所属する稚児はみな、貧しさゆえに親の手で身を売られた少年ばかり。それだけに突然の境涯の変化に哀しむ百合若の気持ちも、藤内には分かる。とはいえその一方で、どこかで気持ちを入れ替えねばこの浮世を渡ってゆけぬのだぞと叱咤してやりたい念も、胸のどこかにはあった。

花月とて人買いの手で寺に連れて来られた当時は、泣きわめき、幾度も逃亡を企んだ。さりながらやがて他でもない両親が己を売り飛ばしたのだと気付くや、憑き物が落ちたようにおとなしくなり、稚児勤めに邁進するに至った。

人の世は、とかく思いのままにならぬもの。自らの意思とはかかわりなく降りかかる困難にどう立ち向かうかで、一生は定まる。

そう思えば自らの容色を頼み、野あざみの如く咲き誇る花月の図太さには、感嘆の念すらこみ上げてくる。しかしだからといってすきっ腹を抱えた百合若の前でこれみよがしに結び飯を頬張る行いを是とするかは、別の話だ。

「なんじゃ、結び飯だと。それ、そこの櫃から適当に拵えてゆけ」

　厨男に言われるまま、握りこぶしほどの結び飯を手早く三つ作ると、藤内はそのうちの二つを皿に載せ、残る一つを手近な竹皮で包んで、懐に放り込んだ。他の稚児の目を盗み、どうにかこれを百合若に食わせてやれまいかと考えながら、もと来た道を引き返し始めた。

　いつしか夜は明け切り、境内には気の早い参拝者が訪れ始めている。毎朝必ず、ご本尊にお参りをする門前郷の老婆、この足で都を発つと覚しき旅姿の男……。さすがは都屈指の名所、しかも音羽山の桜も折しも盛りを迎えたところだけに、あと半刻もすれば寺内は身動きもままならぬ雑踏と変わるはずだ。

　今のうちからこの賑わいでは、掃除一つするのも苦労だわい、とぼやきながら、藤内が足を速めたとき、「あの――」という遠慮がちな声が、背後で響いた。

　顧みれば、薄汚れた僧形の男が一人、折しも東山の嶺から差し始めた朝日を避けるように、物陰にたたずんでいる。

　年はようやく四十に差しかかったところだろう。手に穴の開いた笠を持ち、足元は草鞋履き。背の荷の大きさから推すに、どうやら遠国から出てきた旅の僧侶かと見えた。

「はい、なんでございましょう。当寺の僧に御用でございますか」

清水寺は南都・興福寺とも関わりが深い上、諸国の寺からの客僧も多い。それだけに藤内はてっきり誰ぞを訪ねてきた旅僧だと考えたが、男は「いいえ」と首を横に振った。

「人を探しております。実はこちらの御寺に、我が息子がおると人づてに聞きまして」

「ご子息、でございますか」

「はい、わたくしは筑紫国彦山麓に住まいいたします、左衛門と申します。かつてよんどころない理由から人買いの手に渡した息子が、こちらの御寺にご厄介になっておると仄聞し、こうしてうかがった次第です」

藤内は左衛門と名乗った僧の顔を凝視した。すると左衛門は藤内の眼差しを避けるように、日焼けした顔を心もとなげに俯かせた。

清水寺内には道俗合わせて百人近くが起居しているが、人買いの手を経てやってくる者は、稚児に限られている。自らの手で売り飛ばした息子にいったい何の用があるのか知らないが、よくもまあのうのうと探しにやって来られるものだ。

とはいえもしかしたら、余人には分からぬ深い事情があるのかもしれない。ちらりと湧いた不快を嚙み殺し、「ご子息のお名はなんと仰います」と藤内は問うた。

「はい、我が家におった頃は、嘉太(よした)と申しました。もっともこちらの御寺では何と呼ばれておるのやら」

「お子を手放されたのは、何年前でございます」

「この春で七年が経ちましてございます」

七年、と藤内は思わず繰り返した。

稚児の花盛りは、子どもから大人になる間のほんの一瞬。それだけに清水寺に働く稚児は、早い者では二、三年で暇を与えられ、野良犬でも追い払うかの如く寺を出されるのが常だ。

それだけに七年も前に売られてきた稚児が、今も寺に残っているものか。――いや、待て。

(筑紫国彦山だと)

覚えがある。そうだ。あの花月は確か、西国筑紫国の出。しかも七つのときに売られ、もうじきちょうど七年になるはずだ。

そう思って眺めれば、目の前の僧形のくっきりとした目鼻立ちは、あの憎たらしい花月に似ておらぬでもない。まじまじと自分を見つめる藤内が、己を責めていると勘違いしたのだろう。左衛門は居心地悪げに目を上げ、

「その……嘉太を売り飛ばした当時、わたくしはちょうど後添えをもらい、あ奴には腹違いになる息子まで出来たところでございまして」

と、もごもごと口の中で呟いた。

「折からの干天で田畑の実りは二年に亘って上がらず、これでは一家四人、飢え死にするしかないところまで追い込まれたのでございます。ですが泣く泣く嘉太を人買いの手に渡し、どうにか危難を乗り切ってみれば、思い出されるのは可愛かったあ奴のことばかりで」

昨年、後添えが流行り病で亡くなり、忘れ形見の息子と二人きりになると、その寂しさは更に増した。そこで思い切って様を変え、次男を遠縁に預けて、はるばる都まで我が子を探しにやって来たとの言い訳に、ははあ、と藤内はうなずいた。

なるほど、この男は要は後添えにもらった女にせっつかれ、旱魃を言い訳に長男を捨てたのだ。だがその元凶である後添えが亡くなってみると、己の所業が悔やまれてならず、良心の呵責に耐えかねて都まで我が子を探しにやってきたわけか。

だとすればかつて花月が、親が自分を売り飛ばしたと知った途端、稚児勤めに精を出し始めたのも理解できる。つまりあれは、「そんな親であればこちらからごめんだ」との怒りに突き動かされてだったのだ。

藤内は左衛門に気付かれぬよう、小さく息をついた。あの気の強い花月が、父親の迎えを喜ぶとは思い難い。だが、花月もすでに十四歳。声変わりまで長くともあと二年ほどともなれば、そろそろ稚児勤めも先が見えてきた年頃だ。

「分かりました。心当たりがございます。しばしお待ちください」

花月は頭がいい。親に対する憤懣は捨てきれずとも、これからの我が身を顧みて、これがまたとない助けであることぐらい理解するはずだ。

ぱっと顔を輝かせた左衛門にうなずき、藤内は石段を駆け下りた。背後の山から吹き下ろす風に混じった山桜の花弁が、春日の凝りのようにきらめいた。

「おおい、花月。起きているか」

稚児たちが暮らす寝小屋の門口に立って呼ばわれば、屋内では勤めから戻ったばかりの稚児たちがけだるげな手つきで髪を梳ったり、油で化粧を落としたりしている。

もっとも奥の板間で早くも衾に戻りこもうとしていた花月が、「遅いよ。もう少しで寝ちまうところだったじゃないか」と口を尖らせる。その足元で花月が脱ぎ捨てた衣を畳んでいる百合若に目を走らせてから、藤内は寝小屋に踏み入った。

「それ、結び飯だ」

花月の枕元に皿を置き、四囲を見回す。衣を抱えた百合若が立ち去るのを見送ってから、「客が来ているぞ」と囁いた。

「客だって。おいらにかい」

「ああ、とにかく起きて、外に出ろ。詳しい話はそれからだ」

気が強く、衆僧からの寵愛も厚い花月だ。父親が迎えに来たと知られたぐらいで仲間からいじめられることもなかろうが、それでも百合若のような新参者を羨ましがらせては気の毒である。

「ちぇっ、飯を食ったらすぐに寝るつもりだったのによ」

皿の結び飯を一つひったくり、花月は敏捷に臥所から起き直った。はだけた夜着の胸元を手早く整え、足早に外へと向かう。

その背を追うふりをして、藤内は百合若の傍らを通り過ぎた。毎夜毎夜、留守番を続けている百合若は、最近では稚児仲間から雑用を押し付けられてばかりいる。しょぼくれた顔つきで花月の衣を片付けるその脇に、藤内は素早く結び飯の包みを落とした。

化粧っけのない小さな顔が、はっと驚きに強張る。それに知らぬ面を決め込むと、藤内は寝小屋の外へ出た。

「で、客ってのは何者だい」

花月は、小屋の柱にもたれ、藤内を待っていた。もしかしたら百合若に飯を与えたのを見られただろうかと案じながら、藤内は「おぬしの父君だ」と動揺を押し殺して答えた。

「親父だって」

形のよい花月の目が大きく見開かれる。いつになく年相応の幼さがにじんだ表情であった。

「ああ。お前がここにいるのを知り、はるばる鎮西から迎えに来られたらしい。干天に苦しむあまりとはいえ、おぬしを手放してしまったことを、それはそれは悔いてらっしゃるぞ」

「やめとくれよ。畜生。あの野郎、今更、どの面下げてそんな真似ができるんだい」

苦々しげに顔をしかめ、花月は足元にぺっと唾を吐いた。

「まあ、落ち着け、花月。先ほど聞いたところでは、おぬしの父君の後添えは、先だって、病で亡くなられたそうじゃ。次男坊と二人、田畑を守って暮らしておられる父君を思えば、故郷に戻るのも悪くはあるまい」

「へええ。あの婆、死んだのかい。なるほど、そりゃあ親父がおいらを迎えに来るわけだ」

花月は片手に握りしめていた結び飯にかじりついた。四方八方に米粒をまき散らしながら、

「けどよ、だからといって、おいらが待っていたとばかり故郷に帰るってのは、ちょっと筋が違うんじゃねえか」

と、喚(わめ)き立てた。

「だいたいおいらは、この寺に売り飛ばされた身だぜ。それを引き取ろうとするからには、それなりに銭が要るはずじゃないか」

「ああ、おそらくな」

とはいえ、容姿の端麗さしか価値のない稚児、ましてやすでに容色の先も見え始めた年齢ともなれば、清水寺も父親にさしたる額をふっかけはしないだろう。それに当の左衛門とて当然、ある程度の物代(ものしろ)（代金）は持参しているに違いないと、藤内は考えていた。

このまま清水寺に留まって、容色が衰えるのをただ待つのと、業腹(ごうはら)と思いつつも故郷に帰るのとどちらが得か、花月とてちゃんと理解していよう。だがそう算を置

きつつもかって自分を売り飛ばした父親の元へなど戻りたくないと意地を張ってしまうのも、ある意味、当然ではある。

「だいたい親父も親父だ。おいらが清水寺にいるって突き止めたってことは、息子がなにをして飯を食わせてもらっているか、承知しているわけだろうが。それをまあ恥ずかしげもなく、のこのこと親でございと名乗り出やがって」

花月の罵詈を遮って、寝小屋の中で「うわあッ」と悲鳴が上がった。それと前後して、何かがひっくり返るような物音が響き、

「やれやれッ」

「そうだ。こんな穀つぶしなんぞ、叩きのめしちまえッ」

と、稚児たちの叫びが錯綜した。

嫌な予感を覚える暇もあらばこそ、どすんと小屋が揺れ動き、二つの影がもつれ合って外へと転がり出て来た。始めのうちこそ、お互い上になり、下になりとっくみあっていたが、やがて一回り小柄な影が、相手に押しひしがれる。それでも懸命に、「は、放せッ」と呻いているのは、あの百合若だった。

「その結び飯はおいらのだッ。よ、寄越せよおッ」

「ふん、お坊さまのお相手もろくにできねえくせに朝餉とは、結構な身の上じゃね

えか」

同輩のせせら笑いを遮って、百合若は「うるさいッ」と喚いた。

「昨夜も腹いっぱい食ってきたお前に、何が分かるッ。おいらの結び飯を返せッ」

「ふん、そんなもの、今ごろあいつらがとうにたいらげちまってるだろうよ」

百合若の襟首を掴み、稚児がけけけと笑う。その途端、百合若の顔が怒りと悲しみに真っ赤に染まった。

「な、なんだとッ。あれはおいらがいただいた飯なんだぞッ」

百合若の絶叫を嘲笑うかのように、稚児たちが寝小屋の門口にわらわらと顔を出す。そのうちの一人がわざとらしく指をねぶり、手の甲で唇を拭ってみせるのに、
ああ、と藤内はため息をついた。

清水寺に来て日の浅い百合若は、仲間の稚児の抜け目なさに慣れていない。周囲の目もわきまえずに竹皮包みを開き、それを周囲に見つけられたのに違いなかった。なにせ寺の稚児はみな、いたずら盛りの年頃。弱い者と見ればいたぶり、からかいの対象にするのは当たり前だ。だが己の勤めも果たせず、毎晩の飯にもありつけぬのであればなおさら、百合若も周りの挙措に注意せねばなるまいに。

無論、百合若の境涯を哀れとは思う。だからこそこっそり結び飯を与えもしたの

だが、一方でいつまで経っても稚児として生きる腹をくれぬ彼に、藤内は呆(あき)れもした。

「ち、畜生。畜生——ッ」

「おい、見ろよ。こいつ、泣いてるぜ」

百合若を押さえつけていた稚児の声に、「なんだって」と仲間たちが走り寄った。

「本当だ。どうせ泣くなら、お坊さまの閨で泣けばよかろうに。こんなところで無駄な涙を流すなんざ、本当に穀つぶしだよなあ」

「ああ、まったくだ」

だがどれだけ嘲られても、ぼろぼろと涙を流すばかりの百合若に、さすがに興が削がれたのだろう。まず彼を押さえつけていた稚児が、ちっと舌打ちして立ち上がる。それを皮切りに残る稚児たちがぞろぞろと寝小屋に戻っていくと、百合若は芋虫そっくりに身を丸め、うわあッと声を放って更に泣き始めた。

「お、おい。百合若。少しは声を抑えろ」

藤内はあわてて、百合若に駆け寄った。

いかに本堂から離れていようとも、寺域である。参拝の善男善女に泣き声を聞かれては、厄介だ。

しかしながら今までの我慢の堰が一度に切れたのだろう。制すれば制するほど百合若は激しくしゃくり上げ、藤内の制止をまるで聞かない。

「頼む、頼むから静かにしてくれ」

藤内が顔を真っ赤にしてその肩を揺さぶったとき、それまで無言で成り行きを眺めていた花月が、つかつかと近付いてきた。え、と顔を上げる暇もあらばこそ、百合若の襟首を片手で摑む。残る一方の手で、いきなりその頰を張り飛ばした。

「な、なにをする。花月ッ」

藤内の制止にはお構いなしに、花月は続けざまに百合若の頰を打った。藤内はあわてて身を翻し、なおも百合若に向かって手を振り上げる花月の胸を両手で突いた。

「やめろッ。いったいどういうつもりだ」

「どけよ、藤内。こういう奴は、口で言い聞かせたって、どうしようもならねえんだよッ」

地面に尻餅をつき、花月は顎で憎々しげに百合若を指した。

「こういう甘ったれは、見ているだけで歯が浮くんだ。どうせこの世じゃ、弱い奴は強い奴に食われちまうんだ。それが嫌だったら戦うしかねえのに、こいつはただここはつらい苦しいと言って泣いているだけじゃねえか」

る。

突然の打擲への驚きのあまり涙も止まったのか、百合若は呆然と目を見開いている。

花月は荒々しく立ち上がるや、乱暴な手つきで身体についた泥を払った。身構える藤内には目もくれず、再び百合若に歩み寄る。百合若の顔にまっすぐに指を突き付けた。

「いいか。あいつらはおめえが弱いからこそ、面白がるんだ。飯を奪われるのが嫌なら、強くなれ。おいらたち稚児がここの生臭坊主どもに犬みてえに尻尾を振るのは、すべてこの寺で生き抜き、少しでも強くなるためなんだ。どれだけ経ってもそれが分からねえなら、そこらへんの松で、さっさと首をくくっちまえッ」

ひと息に言い放つと、花月はじろりと藤内を睨んだ。大きく肩を上下させ、二、三度、息をつくや、「──会ってやろうじゃないか」と吐き捨てて踵を返した。

「あ、会うとはお前、父君にか」

藤内の問いには素知らぬ顔で、花月は土を蹴散らして走り出した。

「ま、待て。父君にお待ちいただいているのは、そっちではないぞ」

あわててその背を追いながら、藤内は先ほどの花月の言葉を胸に甦らせていた。

自分が売り飛ばされた経緯を知った途端、花月が稚児勤めに精を出し始めたのは、てっきり親への憎しみゆえだと藤内は思っていた。だがもしかしたらそれは、もはやよるべなき我が身を顧み、強くならねばと己に言い聞かせてだったのか。

(だとすれば、わしはこ奴の何を見ておったのじゃろう)

ぞろりと長い夜着をまとっているために、花月の足は決して速くない。見る見る追いつくその背が、藤内には初めて眺める少年のものの如く映った。

「おおい、花月。そちらではない。父上がお待ちなのは、坂上の地蔵堂前だ」

藤内の叫びに従って、花月は地蔵堂へ続く坂を上り始めた。そんな少年を荒い息をつきながら見送ると、藤内は地面に座り込んだままの百合若の元へと戻った。

「怪我はないか、百合若」

涙と泥でぐしゃぐしゃになった顔を、袖で手早く拭ってやる。ひくひくとしゃくり上げるその薄い肩を二度、三度と叩きながら、藤内は先ほどの花月の言葉を思い返した。

幼くして実の親の手で売り飛ばされ、歯を食いしばりながらこの寺で稚児勤めを続けてきた花月には、いまだ勤め一つまともに果たせぬ百合若がさぞ苦々しく映るのだろう。

そう思えば、皮肉なものだ。稚児として生きる覚悟が出来ている花月には父親の迎えが来るのに、百合若はこれからもこの清水寺で稚児勤めを続けねばならないのだから。

　とはいえただの寺男である藤内には、それで百合若になにをしてやれるわけでもない。結局のところ、容貌と色で生きてゆく稚児たちは、自らを磨くしか安逸に生きる手立てはないのだ。

「か、花月の――」

　百合若の唇から、かすれ声がこぼれた。

「花月の親が、寺に来ているんだね」

　しまった。花月の暴虐に狼狽し、百合若の耳をすっかり忘れていた。だが今更取りつくろっても、かえって百合若がみじめになるだけだ。藤内は己の迂闊に小さく舌打ちしながら、ああ、と首肯した。

「筑紫国から、あいつを迎えに来られたそうだ。これから先のことを思えばありがたいお迎えだな」

　その途端、百合若は小さく口を開けた。

　稚児勤めの長さにこそ差はあれど、花月と百合若は年が同じ。そんな花月がもう稚児を辞めるにふさわしい年である事実に、心底驚いている顔つきであった。

（まったく、こいつは）

この少年は分かっているのだろうか。あと一、二年もすれば、百合若もまた稚児とは呼び難い年となる。衆僧の覚えのめでたい稚児の中には、楽人として寺に雇い入れられたり、贔屓の僧侶の弟子となって出家を果たす者もいるが、そんな運のいい例はごくわずか。ましてや百合若のように満足な稚児勤めも出来ぬ身となれば、まず間違いなくある日いきなり寺を放り出されることになろう。

花月が父に会うと決めたのも、今後、己を待つ将来を思えばこそに違いない。だが肝心の百合若には、それすら理解できないのだろう。大きな目に再び涙を浮かべ、「いいなあ、花月は」と顎を震わせた。

「お、おいらはこのままこの寺に縛り付けられるってのに。あんな……あんなどこでも生きていけそうな花月が、故郷に帰れるなんて」

またも泣き出した百合若に、藤内は今度こそ顔をしかめた。まったく泣き虫だとは思っていたが、ここまで腹が据わらぬとは知らなかった。

花月とて最初から簡単に、寺僧の寵愛を受けられたわけではない。藤内が知る限りでも、年上の稚児からその美貌と図太さを疎まれていじめられたことも、折檻を好む僧侶から顔が腫れ上がるほど殴られたこともあった。

そんな逆境に耐え、懸命に顔を上げ続ければこそ、花月はあれほど強く、また美しくなれたというのに。そんなことすら理解せずただ他人を羨むばかりの百合若に、言葉にし難い怒りがこみ上げる。藤内は少年の腕をぐいと掴んだ。その身体を引きずり、花月が去った方角へと歩き出した。

「と、藤内。どうしたの」

普段温厚な藤内の豹変に、百合若が怯(おび)え声を上げる。それに知らぬ顔を決め込み、藤内はなおも強く百合若の腕を引いた。

そんなに羨むのであれば、いっそ花月と父親の七年ぶりの再会をその目で見ればいい。花月と己の差を目の当たりにし、自らが世の幸せからどれほど遠いところにいるかを感じれば、その甘ったれた根性も少しは直るはずだ。

「うるさい。いいからおとなしくしろッ」

寺男に引きずられて歩む稚児の姿に、参拝の人々が顔を見合わせている。寺僧に見咎められてはなるまいと、藤内は半ば駆け足で地蔵堂へ続く坂を上り始めた。

坂の両脇には桜花が紅の雲のごとく咲き乱れ、本堂へ向かう人々の目から藤内と百合若を隠してくれる。大きく息をつきながら長い石段を仰げば、そのてっぺんに花月の姿がある。その足が花弁散る石段に縫い付けられたように止まり、長い首を伸ばして奥の様子をうかがっているのが見えた。

　この石段の果ては、地蔵堂の裏手。花月は小堂の正面にたたずむ父の姿に気付きつつも、彼にどう声をかけるか迷っているのだろう。

　おおい、と藤内は怒鳴った。次の瞬間、顔を真っ白にした花月がこちらを振り返り、ついで一瞬遅れて、地蔵堂の正面から左衛門が飛び出して来るのが、その肩越しに見えた。

「嘉太、嘉太かッ」

　だが実の息子とはいえ、七つで生き別れて、すでに七年。そうでなくとも寺の稚児たちはみな、女と見まごうばかりの化粧をしている。

　左衛門は石段のてっぺんに立つ花月と、もつれ合うようにして石段を上ってくる藤内と百合若をあわただしく見比べた。花月と百合若、どちらが己の息子かと探る目であった。

　花月。なにをぼんやり突っ立っているのだ。父御（ててご）がおぬしを迎えに来られたのだぞ。

　藤内がそう呼びかけようとした刹那（せつな）、花月は薄い肩がすぼむほどに大きく息をついた。長い髪を揺らして、左衛門に背を向ける。そのまままっしぐらに、藤内に向かって石段を駆け下りてきた。

（なに——）

わが目を疑う藤内には目もくれず、花月はいきなり百合若の腕を引っ摑んだ。そのまま藤内から引きはがすようにして百合若を抱き締め、「よかったじゃないか、お前」と不自然なほど弾んだ声を上げた。

「親父さまが、迎えに来られたんだってな。すごいよなあ。こんな風に稚児から足を洗える奴なんて、滅多にいないんじゃねえか」

突然の成り行きに、百合若はぽかんと花月を見つめた。花月はそれにはお構いなしに、「まったく、羨ましいぜ。おいらたちのこと、忘れるんじゃねえぞ」と藤内がこれまで見たことがないほど子どもっぽい表情で、百合若の脇を小突いた。

「お前、元の名は嘉太って言ったんだってな。畜生、おいらなんかもう、昔の名なんぞ忘れちまったぜ」

馬鹿な。いったい、なにを言っている。嘉太とは、他ならぬお前の名ではないか。

藤内は花月に向かって、そう叫ぼうとした。だがそれよりも早く、左衛門が目を吊り上げて石段を駆け下り、「嘉太ッ。嘉太かッ」と喚きつつ、百合若の肩を摑んだ。

「わしだ、父の左衛門だぞッ。見忘れたか、嘉太ッ」

百合若の身体をがくがくと揺さぶる左衛門の目には、その側に立つ花月の姿など皆目映っていないのだろう。助けを求めるようにおろおろと四囲を見回す百合若を強引に自分の方に向かせ、「わしが悪かったッ」と潤み声でまくし立てた。

「いかにやむをえなんだとはいえ、おぬしを人買いの手に渡すとは。あの時のわしの心には、鬼が巣食っておったのだ。許してくれッ、嘉太ッ」

「お、おいらは――」

百合若がしゃべり続ける左衛門に気圧されながらも、かろうじてか細い声を上げる。すると左衛門はがくりとその場に膝をつくや、そんな百合若の足を抱き、男泣きに泣き出した。

「よ、よかった、嘉太。お前に生きて再び、巡り合えるとは。これもすべて、清水寺の観世音菩薩さまのお導きに違いないぞ」

激しく震える左衛門の肩に、はらはらと桜の花弁が散る。

二人の傍らに無言でたたずんでいた花月が、白い手を延べてそれをつまみ上げた。拳の中に花弁を握り込み、百合若ににやりと笑みかける。足の爪先をとんと石段に打ちつけてから、敏捷に踵を返した。

「羨ましいねえ。親父さまが迎えに来てくれるなんてさ」

と、歌うような音吐(おんと)で言うや、そのまま石段を下りて行った。

男親は、子の成長に疎い。ましてや七つで生き別れた息子なぞ、並みの男親はそうそう探し出せるものではなかろう。

このままでは左衛門は間違いなく、百合若を嘉太と思い込んでしまう。馬鹿な。それでいいのか。長い稚児勤めの果てに取り戻せた穏やかな暮らしを、なぜこうも簡単に手放そうとするのだ。

「ま、待て。花月ッ」

怒鳴りながら後を追えば、花月は石段のもっとも下で足を止め、掌に載せた桜の花弁を見つめている。

また風が吹き、梢からはらはらと花びらが舞う。花月の掌に二枚、三枚と花弁が落ち、あっという間に、どれが左衛門の肩からつまみ上げたものか分からなくなる。

「ちぇっ、どれがどれやら見分けられねえや」

花月は舌打ちをするや、大きく手を振って手の上の花弁を振り落とした。肩を上下させる藤内をちらりと仰ぎ、「まあ、桜だけじゃねえや。人だって同じだよな」

といつものふてぶてしい笑みを浮かべた。

「ああ、もう。なんて面をしてんだよ。さっき、おめえも見ただろう。親父からすれば、おいらも百合若も全然区別がつかねえんじゃねえか。それにあいつは結局のところ、おいらが必要なわけじゃなく、息子を売り飛ばした後ろめたさに急き立てられ、ここまで来ただけに決まっているさ」

そんなことは、と抗弁する言葉が、喉に引っかかった。そうだ。確かに先ほど左衛門は百合若に、自らの非ばかり詫びていた。本当に息子が大切だったのならば、なによりこの七年の無事を喜び、その身の安否を気遣うのが筋であろうに。

「あんな親父、やっぱりこちらから願い下げさ。それにどうせお引き取り願うんだったら、ついでに稚児に向いていない奴の足を洗わせてやった方が、お互い幸せじゃねえか」

風が吹き、桜が散る。花月はしばらくの間それを見つめていたが、不意に唇を引き結んで足元に降り積もった花弁を蹴散らした。

その目元が微かに潤んで見えたのは、藤内の気のせいではあるまい。少年でありながら大人の世に生きた花月は、あの一瞬の間に、父の心の狡さを悟ってしまったのだ。その上で身代わりとして百合若を押し付けたのは、自分を売り飛ばした親の性根が七年を経てもなお変わらぬように、心の弱い百合若もまた、今後、どうしても変わることが出来ぬと分かっていればこそか。

「花月……おまえ、これからどうするのだ」

「ふん。どうとでもなるさ。あの弱虫とは違って、おいらはどこでも生きていけるからな」

ああ、そうだ。美しくも強い花月はきっと、仮にこの後、寺を追われ、路傍に朽ちることになっても、この日の行いを悔いはせぬのだろう。爛漫と咲く桜が、たった数日の栄を決して口惜しがらぬように。

「さあて、それより寝るぞ、寝るぞ。今夜もまたお勤めがあるんだからな」

両手を宙に突き上げながら、花月が足早に歩き出す。

青空の下、散り急ぐ桜花が白く光っていた。

鮎（あゆ）——国栖（くず）

天を焦がさんばかりの篝火が、星一つ見えぬ夜空を赤く染めている。厩から引き出された馬のけたたましい嘶きと、忙しく走り回る舎人たちの足音が、四方を山に囲まれた吉野宮に木霊していた。

「あと一刻もすれば、夜が明けるッ。ぐずぐずするなッ」

堂舎の外で弾けた太い叱咤は、八か月前からこの吉野宮に暮らす大海人王子のものだ。

仲間の女嬬（女官）とともに、主・讃良女王の衣を葛箱に押し込んでいた十九歳の蘇我菟野は、辺りの喧騒を貫くばかりのその大声に飛び上がった。

それと同時に、今まで懸命に堪えていた震えが背筋を這い上がる。思わず両腕で自分の身体を抱きしめた菟野に、傍らの御床（寝台）に腰かけた讃良女王が、「大丈夫です。落ち着きなさい」と静かに命じた。

「今宵、わが背は思うところがおありになり、我々を伴って東国に赴かれるだけです。誰ぞから追われたり、攻め立てられてのことではありません。ですからみな、落ち着いて支度をなさい」

はい、とうなずいたものの、薄い板壁の向こうからは大海人王子の叫びのみならず、荒々しい舎人たちの足音と馬の嘶きが止むことなく響いてくる。

讃良女王の夫である大海人王子は、半年前、近江京で崩御した中大兄大王（天智天皇）の同母弟。若き日より長らく兄を支え、その右腕とまで称された人物である。だがそんな大海人は中大兄の晩年に至って、一人息子の大王即位を望む兄から疎まれて自ら出家し、この山深い吉野宮に隠棲した。

才気煥発にして、まだ四十歳の男盛りの大海人が、一介の僧侶として生涯を終えるはずがない。いずれは中大兄の一人息子である甥・大友王子との間に帝位を巡る争いが勃発するであろうことは明らかだっただけに、讃良女王に仕える女孺の表情には一様に戦への恐怖が浮かんでいた。

風の噂によれば、大友は大海人がいつ吉野を逃れてもその道を塞げるようにと、近江京から大和国（現在の奈良県）飛鳥に至る街道の要所要所に物見を置いているという。一方で大海人もまた、いつ京から吉野に討手が遣わされるか分からぬと考えていたのだろう。腹心の舎人を頻繁に呼び召し、夜遅くまで協議を重ねていることは、吉野宮の者には周知の事実であった。

とはいえまさか夜陰に紛れて、大海人の妃や王子までが吉野を脱出する事態になろうとは。もしかしたら菟野が知らぬだけで、大海人の命を受けた舎人たちは、とうの昔に東国に発ち、主一行の挙兵の支度を整えているのかもしれない。

（なんとか、このことを近江の果安伯父さまにお伝えせねば）

冷たい汗が背中を伝い、またも指先が震えてくる。菟野は強く唇を嚙みしめて、讃良の横顔を仰いだ。

まるでそれを待っていたかのように、房（部屋）の板戸が荒々しく押し開かれた。革の鎧に身を固めた舎人が二人、腰に帯びた大刀の鞘を鳴らしながら荒々しく飛び込んできた。

「ご準備は整われましたか」

その小脇には古めかしい冑が抱え込まれ、背の靫にも黒羽の矢が満たされている。普段とは似ても似つかぬ剣呑な身ごしらえに、女孀たちはみなぎょっと目を見開いた。そんな中で讃良だけは静かに凪いだ目を舎人に向け、ゆっくりと頤を引いた。

「強いて持って行かねばならぬものなぞ、何一つありません。わが背がお発ちになるのであれば、いつでもお供いたしましょう」

「心強きお言葉、大海人さまもさぞお喜びになられましょう。粗末な設えではございますが、かろうじて輿を一丁ご用意いたしました。どうぞお移りくださいませ」

今から八か月前、氷雨の降る中を大津京から吉野山へと移った際には、讃良に従う女嬬にも板輿が与えられた。だが今夜ばかりは、かような贅沢は許されぬと知り、女嬬たちの表情に更に暗い影が差した。

するとと舎人はそんな女たちを励ますかのように、「なあに、大したことはありませぬ」とひどく明るい声を張り上げた。

「吉野の山を下り、伊賀国（現在の三重県西部）まで至れば、先にこの宮を発った村国男依どもがご一行をお待ちしているはずでございます。慣れぬ山道、さぞ不安にお思いでしょうが、長くともほんの一昼夜の辛抱でございます」

（村国男依――）

直接言葉を交わしたことはないが、数年前に美濃国（岐阜県南部）から出仕し、大海人にことのほか信頼されていた三十がらみの舎人だ。目の前の舎人の言葉が正しければ、男依はとっくの昔に吉野宮を抜け出し、東国で大海人一行の挙兵の支度を整えていたわけだ。

そんなことに気付かずにいた自分が、あまりに情けなくてならない。迂闊だった、と俯いたのを、涙を堪えたと勘違いしたのだろう。傍らにいた先輩の女嬬が、「大丈夫なの、菟野」と肩を支えた。

「顔色が悪いわよ。夜発ちになるようだけど、歩けるの」

「え、ええ。大丈夫です。ご心配をおかけして、申し訳ありません」

これまで近江宮で御史大夫（ぎょしたいふ）を務める伯父・蘇我果安に文を送る際は、大津から連れてきた老僕を使うのが常だった。だが事ここに至って、吉野宮から従僕を使いに出したりすれば、大海人の舎人たちに見咎められよう。

こうなれば大海人一行とともに吉野山を下り、街道に出たところで老僕を近江の伯父の元に走らせよう。いや、それともいっそ大海人王子の戦略を見極められるだけ見極めてからにした方がいいだろうか。

大丈夫だ。自分はこんなときのためにこそ、大海人の宮に送り込まれたのだ。そして自分が見事務めを果たしてこそ、隠流し（しのびながし）（左遷）先の西国で悲哀のうちに死んだ父の汚名も雪（すす）がれる。

大丈夫です、と繰り返し、菟野は差し出された手を断って立ち上がった。

野外の喧騒はいよいよ激しく、耳を聾（ろう）するばかりと化している。そんな中でこの房だけがひどく静かなのが、妙に不気味と感じられた。

苑野の父である蘇我日向(ひむか)が筑紫宰(つくしのかみ)に左遷されたのは、苑野が六歳の秋であった。

　蘇我家は代々、大臣(おおおみ)を輩出する畿内屈指の豪族。大王家との所縁は深く、日向の姉妹たちもみな大王や王子に嫁いでいた。今から二十数年前の宝大王(たからのおおきみ)（皇極天皇）四年、蘇我本家である蝦夷(えみし)・入鹿(いるか)親子がその専横を疎まれて中大兄王子に討たれた後も、蘇我家の勢力そのものには揺らぎはなかった。蝦夷の甥である石川麻呂(いしかわのまろ)・赤兄(あかえ)・果安・日向の兄弟たちはそろって中大兄への忠誠を誓い、お互いに手を携えて一統を支え続けていたからだ。

　さりながらそんな蘇我家の勢力が、中大兄には目障りでならなかったのだろう。苑野が六歳の春、中大兄王子は蘇我日向を用いて、当時、右大臣の地位にあった蘇我石川麻呂を讒言(ざんげん)。石川麻呂とその子女を自害に追いやったばかりか、直後にはまたしても些細な罪科を論(あげつら)い、日向を筑紫宰に左遷したのである。

当時の苑野は母をとうに亡くし、近江京の外れの屋敷に父と二人で暮らしていた。このため父が無理やり筑紫に追いやられた直後、伯父の果安は渋々、一人残された苑野を蘇我本家に引き取った。そしてまだ三十そこそこにもかかわらず白髪の目立つ鬢(びん)を両手で掻きむしり、

「これだから、中大兄さまには用心しろと言ったのだ。まったく、人の言葉に耳を

貸さぬ愚か者めがッ」

と、弟の日向を口を極めて罵ったのであった。

「中大兄さまは容赦のないお方。それまでどれだけ重用していた者であろうとも、ひとたび目障りとなれば、すぐに切って捨てられる。日向はもちろん石川麻呂にも、それはこれまで口が酸っぱくなるほど伝えておったと申すに」

なるべく中大兄王子に目を付けられぬよう、息を殺して宮城への出仕を続けているのだろう。年の割に老け込んだ顔を歪め、果安は菟野を睨み下ろした。目の前にいるのがまだ幼い童女であることなぞ忘れ果てたかのような、忌々しげな表情であった。

「いいか。日向のたっての願いゆえ、おぬしをこの家で養うてはつかわす。されど決して、蘇我家の瑕瑾になる真似は致すな。おぬしの一顰一笑がともすれば我ら一族を滅ぼすことになるやもしれぬと、よくよく承知しておけ」

眉を吊り上げた伯父の形相に、菟野は自分を含めた血縁がどうにも逆らい難い大きな力の前に立ちすくんでいる事実を、幼いなりに悟った。

そうでなくとも、父が左遷された今、この蘇我家以外に頼る先はない。こくりと頤を引いた菟野は、この日から広大な屋敷の片隅で日々小さくなって暮らし始めた。

父の日向が左遷先で亡くなったとの知らせがもたらされたのは、その五年後。唯一の身寄りを失い、菀野はいよいよ身の置きどころを失った気分となった。そんな矢先、折しも中大兄王子の後宮で女官として働いていた果安の妻が、菀野に宮仕えをせぬかと誘いをかけてきたのであった。

「宮城の女官となれば、女子一人でも禄を得て、身を立てられます。いずれはよき男君にも出会い、家を築きもできましょう」

肩身の狭さを覚えていた菀野にとって、まさにこの話は渡りに船。ただいざ喜んで出仕に出てみれば、なぜか菀野が遣られたのは伯母の働く中大兄の後宮ではなく、当時、すでに宮城で重きを成していた大海人の宮であった。

不審を覚えた菀野を物陰に呼び寄せ、「いいですか」と伯母は目を尖らせた。

「そなたは宮の方々には、父君の左降後、母君の実家に引き取られ、以来そこで暮らし続けていたと言うのです。間違っても我が家で大きくなったなぞと漏らしてはなりませぬ」

そして大海人の宮で奇妙な動きがあれば、すぐに自分か果安に伝えるようにと告げたのであった。

なんだ、と菀野は思った。つまり自分は窺見（うかみ）（密偵）として、この宮に送られたわけだ。その背後にいるのは間違いなく中大兄であり、伯父夫婦は我が身可愛さに菟野を利用しようとしているにすぎない。

　だがその一方で菟野は、自分が初めて蘇我一族から必要とされている事実に、心弾むものを覚えた。仮にここで自分が務めを成し遂げれば、伯父も遠い西国で亡くなった父に対して、少しは敬意を払うのではないか。そう己に言い聞かせ、時に老僕に数々の報告を託し続けて、すでに八年。とうとうその時が来たという興奮と恐怖が、菟野の細い身体をかっと火照らせていた。

「行きますよ、みな」

　立ち上がる讃良に従って、菟野は同輩たちとともに宮の外に出た。籬の外には幾頭もの馬が繋がれ、辺りの篝火に興奮した様子で足元の土を掻いている。

　讃良は敷物一つ敷かれぬ粗末な板輿に、躊躇いもせずに乗り込んだ。篝火を映じたその双眸が、まるで深い水底を泳ぐ鮎の鱗の如く輝いた。

　四囲を深い山に囲まれた吉野宮は、大海人王子の母である宝大王が今から二十余年前に造営した離宮である。都の喧騒を離れ、深山幽谷を楽しむために建てられた宮だけに、夜ともなれば辺りの道は深い闇に閉ざされ、狐狸野狼の目がそここの藪に光る。もちろん、足弱の女孺たちからすれば、歩きづらいことこの上なかった。

「列を離れるなッ。前の者から決して遅れてはならんぞ」

山を下る一行の先頭で、年配の舎人が松明を振り立てて叫んでいる。他の女孺たちとともに讃良女王の輿を囲んだ菟野は、あまりの寒さに肩を強くすぼめた。

暗闇の中でうかがった限りでは、今夜、吉野宮を脱出するのは、大海人王子と讃良女王の他、二人の間に生まれた王子たちと舎人・女孺が合わせて三十余名。つまりは吉野宮に暮らしていた顔ぶれ全員らしい。

足手まといになるはずの女子どもまで同行させるとは、大海人はもはや吉野宮に戻らぬ覚悟なのだろう。腹心の舎人が先発している東国に入り、そこで大友大王との戦支度を整える腹に違いない。

京から連れて来た老僕は他の従者たちとともに一団となっているのか、姿が見当たらない。その代わり、讃良の輿の背後には菟野とさして年の変わらぬ舎人が一人張り付き、女たちが遅れを取らぬよう目配りしている。真面目そうなその顔を顧み、菟野は胸の中で舌打ちをした。

この舎人さえいなければ、足を痛めたふりでもして列から離れ、近江宮にこの事態を告げる手もあるのに。このままでは誰にも大海人の逃亡を告げられぬまま、東国に連れて行かれてしまう。

　背後に立つ彼のみならず、大海人に仕える舎人たちはみな揃って物堅く、とかく融通が利かない。何とか彼らの目を欺いて一行から離れる手立てはないかと思い巡らそうにも、険しい山道は菟野の胸を激しく喘がせ、ろくな考え事すら叶わない。

　湿気を孕んだ夜気が全身を凍えさせ、空腹と相まって手足の感覚すら奪う。足がもつれ、喉の奥にうっすら血の味が漂い始めた頃、「見えたぞ。菟田吾城野だ」という喚きが列の先頭から響いてきた。

「吾城野にたどり着いたら、しばし休息を取るからな。もう少しだ、みな頑張れよ」

　大海人王子の励ましに押されたかのように、一行の足取りが速くなる。淡い星影に照らし出された山間の平地に、菟野は目を凝らした。

　吉野宮の東北に位置する吾城野は、猪や兎、鹿が多く暮らす豊かな野。古くより宮廷の人々の御狩場として知られ、菟野もまだ父が健在だった折は、しばしば御狩で獲れた猪肉の相伴に与ったものだ。

　吾城野から四里も東北に向かえば、そこは東国への交通の要衝である菟田。もはや大和と伊賀の国境も目前だ。着の身着のままで吉野宮を飛び出してきただけに、旅支度なぞなにも整えていない。その上、山深い伊賀国なぞに踏み入ってしまったなら、どう考えても近江京に戻ることは難しい。

こうなれば吾城野での休息の際、仲間たちの目を盗んで逃げ出すしかない。そう腹をくくりながら次第になだらかになる坂を下るうち、行く手に複数の松明(たいまつ)が見えてきた。

目を凝らせば大海人一行をはるかに超える人数が、野面(のづら)の真ん中に寄り集まっている。こんな時刻、人家も乏しい秋の野にいったい誰が用があるのだろう。

「待てッ」

との号令が一行のただなかに湧き、讃良を乗せた輿がつんのめるように止まった。舎人たちが腰の大刀を押さえて駆け出す。激しい誰何(すいか)を、口々に野面の人々に浴びせ付けた。

「おお、大海人さまのご一行でございますな」

ひときわ大きな松明を手にしていた初老の男が、怖じる風もなく歩み出て低頭した。

「大海人さまはお見忘れでいらっしゃいましょうか」

と言いながら、油断なく大刀を構えた舎人たちをぐるりと見回した。

「かつて右大臣を務めました大伴長徳(おおとものながとこ)の弟、馬来田(まくだ)でございます。数年前に宮城を退き、大和の自邸に逼塞(ひっそく)しておりましたが、大海人さまが吉野宮を去られたと伺い、この野にてお待ち申しておりました」

大伴氏は古来、武勇で知られる名族。ただ、先の大王である中大兄から毛嫌いされ、近年は閑職に追いやられていた一族であった。

「なに、大伴馬来田だと」

大海人が止めようとする舎人たちを掻(か)き分けて、馬来田に近付いた。くっきりとした睫毛(まつげ)に縁どられた目を丸くしながら、馬来田の肩を親しげに叩(たた)いた。

「これは驚いた。まことにこれは亡き右大臣の弟ではないか。大病を患って官を辞したと仄聞(そくぶん)していたが、なかなかどうして息災そうだな」

「はい、おかげさまにて」

大海人に慎まし気に応え、馬来田は疲れ切った面持(おもも)ちの一行を気の毒そうに眺めやった。

「それにしても、かつて宮城にその人ありと称せられた大海人さまが、この寒い深更(しんこう)に及んで宮を去られるとは。いったい、いずこに参られるおつもりでございます」

「ふん。おぬし、なにもかも見通した上でわしを待ち構えていたのだろうに、分かり切ったことを問うな」

大海人は頬骨の目立つ顔に、苦笑を浮かべた。すると馬来田もまた、「お気付きでございましたか」と肉の薄い頬をにんまりと緩めた。

「おお、気が付かんでか。おぬしが大和の自邸に籠ったのは、わが兄が病に伏した直後。おおかた兄が亡くなった後、わしと大友の間に兵乱が起きると睨んで、天下の機をうかがうため隠棲を決め込んでおったのだろう」

馬来田は無言でほほ笑み続けている。それが大海人の推測の正しさを、無言裡に物語っていた。

「さて、そんなおぬしがわしの挙動に目を配り、こうして待ち受けていたとなれば、大伴の一族は我が方に付くと考えてもよいのじゃな」

「さすがは大海人さま。話が早うございますな」

馬来田は背後に控えた男たちに向かって、軽く手を振った。男たちがはっと応じて、運んできた巨大な櫃の木蓋を取り払う。強い革の匂いが、ぱっと野面に満ちた。

「数は多くございませんが、とりあえずあり合う甲冑と武具をお持ちいたしました。天下が二つに割れると決まった今、わが一族は喜んで大海人さまにお味方申しましょうぞ」

「まだ兵乱になると決まったわけではないぞ。それにもかかわらず、わしに武具を持たせるか」

　大海人の言葉に、馬来田は頬の笑みを深くした。

「ただいま近江京におわす王子がもう少し聡明でいらっしゃれば、とっくの昔に自らの器の至らなさを悟り、大海人さまこそ次なる大王たるべしと仰ったはず。かような見極めも出来ず、いまだに中大兄さまの跡取り気取りの愚か者ともなれば、大海人さまが吉野を去られたと知るや、兵を集め、力づくであなたさまを討とうとなさるでしょう。さすればかようなお人はもはや、兵乱を以（もっ）て取り除くしかありますまい」

「まったく、そこまで先を読んでおったとは。これだから大伴の一族は恐ろしいわい」

　大海人がやれやれと呟（つぶや）いたとき、馬来田の従者と思しき男が駆け寄って来て、その足元に膝をついた。

「わが君、ご準備が整いました」

「おお、そうか。早かったな。――大海人さま。この夜寒の道中、讃良さまはじめご随行の衆もさぞお疲れでございましょう。ささやかではございますが火を焚き、膳部を調えさせていただきました。あと二、三刻もすれば夜が明けて参りましょうが、それまでの間、どうぞご休息をお取りください」

言われてみれば、辺りにはいつしか甘い炊飯と旨そうな汁の匂いが漂っている。膳部ですって、と女嬬たちの間から弾んだ声が上がった。

「それはありがたい。どこぞの郡家でも叩き起こし、飯を乞わねばと思うておったところだ」

この時、板輿の四囲に巡らされた麻布が揺れ、「下ろしなさい」という讃良の静かな命が菟野の耳を叩いた。駕輿丁(かよちょう)があわてて輿を下ろすや、女嬬たちが帳(とばり)をかき上げる暇もなく、讃良が板輿から立ち上がった。

「これは讃良さま。大変ご無沙汰申し上げています」

女にしては上背のある讃良は、馬来田に鷹揚にうなずきかけた。

「久しいですね、馬来田。わたくしの女嬬たちが疲れ切っております。早速ですが、火に当たらせてやってください」

「それはもちろんでございます。さあ、どうぞこちらへ」

野面の一角には幄(あく)が巡らされ、真新しい蓆(むしろ)がそこここに焚かれた火を囲んで敷かれている。そのうちの一枚に讃良と大海人が導かれたのを見て、女嬬たちは我がちにと手近な焚火を囲んだ。菟野もまた、血の気の失せた手を焔にかざしながら、四囲をちらりとうかがった。

さすがの舎人たちも深夜の山越えには疲労困憊したと見え、女嬬の背後から火に当たっている。輿に従っていたあの男までもが、疲れ切った面持ちで蓆に尻を下ろしていた。

これで汁と飯を振る舞われれば、舎人たちの間には居眠りを始める者も出るだろう。その時こそがここから逃げ出す好機に違いない。

そんな菟野の思いなぞ知らぬ馬来田は、湯気を立てる膳部を自ら運んでくると、うやうやしく大海人と讃良の前に据えた。

「さあ、どうぞおあがりください、大海人さま、讃良さま。干鮎でございます」

「ほう、これはありがたい。妃、早速食おうではないか」

吉野から菟田一帯は至るところに清流が流れており、初夏から秋にかけて、鮎や岩魚といった川魚が鱗をきらめかせて冷たい水底を泳ぐ。

大海人は嬉しげに両手をこすり合わせて、箸を取った。讃良もまた、馬来田に礼を述べると衣の袂を揺らして鮎を食べ始めた。だがちょうど半身を食べ終えた辺りで箸を置き、突然、「菟野、菟野はそこにいますか」と大声を張り上げた。

「は、はい。ここに」

讃良は普段から、特定の女孺に目をかけない。用を言いつける際は手近な者に命じ、誰か一人に特に言いつけるということはなかった。

それだけに珍しい主からの名指しに、菟野はわずかな不安を抱いて讃良の前に走り出た。すると讃良はいつも同様、表情の乏しい面で菟野を見下ろし、食べかけの干鮎を目で指した。

「確かこの野の西端には、小川があったはずです。その流れに、この干鮎を捨ててきなさい」

「いかがなさいました、讃良さま。もしや鮎がお気に召さなんだのでございますか」

細い目を見開いて腰を浮かせた馬来田に、讃良は小さく首を横に振った。

「いいえ、違います。むしろ逆です。今宵わが背は吉野宮を出、近江の大友どのを相手取った戦の道へと踏み込まれました。わずかな手勢で都の軍勢を相手にするとは、死中に活を求む行い。ならばこの死した鮎を水中に放ち、仮初(かりそ)めとは言え命を得るに似た様を見たいと思うたのです」

「なんと、ありがたい。妃、おぬしはかようなことを考えてくれていたのか」

　大海人が大きく膝を打った。

「かつて気長足姫尊（神功皇后）は肥前国（現在の佐賀県・長崎県）松浦県にて、新羅征討の計画を胸に釣りをなさった。自らの心願が叶うのであればこの針に川魚よかかれと仰せられ、見事、鮎を釣り上げられたとやら。さればおぬしの放った干鮎が立派に川を泳ぎ下れば、古事にも勝るよき先占となろう」

　大海人は感じ入った口調で言いながら、讃良の膝先に置かれたままの干鮎に目を据えた。

　宮城では毎年夏になると、吉野山中の国栖里より新鮮な鮎が届けられる。彼らにちなみ、時に国栖魚とも呼ばれる鮎は、神功皇后の逸話ゆえに事の吉凶を占う魚とも考えられていた。

　とはいえ大伴馬来田はあり合う材料で食事を整えただけであり、讃良が夫の挙兵の成否を干鮎で占おうとするなぞ、皆目思ってもいなかったのだろう。なるほど、と呟いて、賑やかに両手を鳴らした。

「それはよろしゅうございますな。そうでなくとも大海人さまは吉野宮にて、持戒潔斎の日々を送って来られたお方。されば吉野の諸山に住まわれる神々もそのお志を嘉せられ、必ずや鮎の仮初めの命をお与えくださるに違いありません」

さあさあと促され、菟野はしかたなく讃良の前に進み出た。半身を残した干鮎の皿を押しいただき、深く目を伏せて、すり足で主の前から退こうとした。

吾城野の端を流れる小川は川幅こそ狭いが、その流れは佐保川にも劣らぬほど早い。それだけに乾ききった干し魚が水中に投じられれば、あっという間に流れ去ってしまうことは疑うまでもない。

ただ吉野宮から供をしてきた舎人女孀たちは、ここまでの道中ですっかり疲れ切っている。讃良はそんな彼らを少しでも勇気づけるために、困難な戦に臨んだ神功皇后に自らの夫をなぞらえようと考えたのだろう。その務めがわざわざ自分に委ねられたのはいささか不審だが、一方で、こんな深更、川辺に人がいるわけがない。鮎を流すふりをして夜陰に紛れてしまえば、そのまま近江京の伯父の屋敷に向かって逃げ出すこともできるではないか。

そう、死んだ鮎ですら、戦のこれからを占うために水に放たれるのだ。ましてや生ける人間である自分が逃げ出せぬはずがあるものか。

これは好機だと自分に言い聞かせながら、菟野は皿を目の高さに掲げた。秋枯れた下草を踏みしめ、そのまま野面を流れる川へと急ごうとした、その時である。

「待て。本当に干鮎が命を得た如く流れたか、改める者が必要だ。誰か、この者に付いて行ってやれ」

　突然の大海人の下知に、数名の舎人がはっと応じて、火の側から立ち上がる。菟野は急いで「それには及びません」と言い立てた。

「わたくし一人で大丈夫でございます。必ずや鮎が泳いだかどうかを確かめてまいります」

「いや。そういうわけにはいかん。それにいくら狭い野とはいえ、こんな夜更けに独り歩きをさせては、誤って川に落ちる恐れもあるからな」

　固辞する暇もあらばこそ、舎人たちは手早く身形を改めると、菟野の周りを取り囲んだ。その中には、先ほどまで讃良の輿に張り付いていた若い舎人も含まれている。

　これ以上彼らを拒み、怪しまれても厄介だ。しかたなく菟野は干鮎の皿を捧げ持ち、しずしずと吾城野を歩み出した。

　火の近くから離れれば、なまじ身体を休めた分、野面を吹き渡る風は肌を刺すほど冷たい。そこここの草に置かれた露が、衣の裾をあっという間に湿らせる。川岸にたどり着いた頃には、菟野の足はすでに川水に洗われたかの如く濡れそぼっていた。

「さあ、女孺どの。干鮎を放しなされ」

舎人の中でもっとも年嵩（としかさ）の一人が、有無を言わさぬ口調で命じる。分かりましたと首肯（しゅこう）し、菟野は川岸に膝をついた。

夜のこととて、川の流れは真っ黒な漆がわだかまっているようにしか見えない。川面（かわも）に差し出した素焼きの白い皿と乾いた鮎の身が、星明かりでも受けたかのように暗がりの中にぼうと浮かび上がった。

「――そういえば女孺どのは、いずこの氏の出でいらっしゃる」

年嵩の舎人に突然問われ、菟野は驚いて彼を顧みた。

貴人の妃嬪（ひひん）に仕える女孺と皇族男性に近侍する舎人は、その務めの相違から言葉を交わす機会は滅多にない。ましてや互いの出自の詮索など皆無なだけに、舎人の問いかけがあまりに意外であった。

「いやいや。なにせこの鮎放ちは、わが君の先行きを占うもの。この先、わが君が心願叶い、見事、近江の朝廷を滅ぼし奉れば、間違いなく鮎を放った女孺どのの御名も世に広まろう。そうなれば御身のご一族も、さぞ鼻が高かろうと思うてなあ」

主の勝利を皆目疑っていないのか、舎人の口調はからりと明るい。それがかえって氷の鋭さで胸を貫き、菟野ははっと手を止めた。

舎人の言う通りだ。もし大海人が大友王子を討てば、吉野宮脱出からの一部始終は広く世間に喧伝される。そうなれば讃良が干鮎を水に放たせて一行の先行きを占ったことも、それを行った女孺がどの氏族の娘であるかまでが、周知のところとなろう。

（駄目だ――）

そんなことになれば、自分を讃良の宮に送り込んだ蘇我家は、菟野が一族を裏切ったと考えるはずだ。

現在、近江宮で御史大夫の任にある伯父の果安は、近江の朝廷が滅べば大友大王ともども命を落とすかもしれないが、その連れ合いや血縁の者たちまでが皆殺しになるとは考え難い。生き残った彼らはきっと、間諜であるはずの自分が二枚舌を使ったと決めつけ、激しい恨みを煮えたぎらせよう。そうなればもともと蘇我氏よりほかに身寄りのない菟野は、完全に頼るあてを失う。

仮に大海人の挙兵が失敗したとしても、それは同じこと。本来ならば見事密偵の務めを果たしたとして一族に迎え入れられるはずの菟野は、敵の先占を行った娘と見なされる。

つまりこの皿の上の干鮎を水に放ったその瞬間から、自分は一族の裏切り者となるのだ。

乾ききった干鮎の目が、讃良の底光りする眸に重なる。菟野はかちかちと鳴り始めた奥歯を、必死に食いしばった。

なぜ自分が鮎を放つ役に任ぜられたのか、ようやく分かった。讃良は菟野が蘇我果安の間諜であることなぞ、とっくの昔に承知していたのだ。無謀と見えた足弱の女嬬までを率いての深夜の吉野脱出は、菟野の近江への遣使を妨げんがための策だったのだ。

そしてその上で讃良が鮎を菟野の手に委ねたのは、戦の勝敗がどちらに転ぼうとも、自分のこれからを閉ざそうとしてに違いない。

（だけど——）

先帝の右腕であった大海人と、先帝の忘れ形見の大友。両者の争いが、天下を二分する大乱となることは間違いがない。そんな騒乱を前にした今、小娘の間諜一人なぞたやすく斬り殺せばよかろうに、なぜ讃良は自分を今なお生かし続けているのだろう。

いや、そんな詮索は後回しだ。今はともかくこの窮地から逃れねば。

菟野は鮎を載せた皿を、胸に抱え込んだ。よろめくようにその場に座り込むと、わざと肩を波打たせてその場に突っ伏した。

「ど、どうなされた、女嬬どの。早く鮎を放ちなされ」

「わ、わたしは――わたしはできません」

なに、と舎人が声を尖らせる。それに怯（おび）えたとばかり身を震わせて、「かような大任、わたしには荷が重すぎます」と菀野は一息に言った。

「どうか、どうか、鮎はそなたさまたちがお放ちください。ご一行の御盾たるべき舎人がたが先行きを占ったとなれば、大海人さまもお怒りにはなられますまい」

菀野の言葉をそのままに受け取ったのだろう。舎人たちは困惑した様子で顔を見合わせた。だがすぐに年嵩の一人が「よし、承知した」とうなずき、菀野の手から皿を取り上げた。

「わしが要らぬことを申したせいじゃな。済まぬ」

いえ、と首を横に振り、菀野は星明かりを受けて白々と光る干鮎を見詰めた。

舎人は大きく息を一つつくと、がばと皿を振り上げた。乾ききった干鮎が大きく宙を舞い、白い飛沫を上げて川面に落ちる。真っ暗な流れの中で、まるで息を吹き返したかのようにその身が閃（ひらめ）き、すぐに急流の中に姿を消した。

「おお、鮎が」

「見たか、あれを。まるで鮎が甦（よみがえ）って泳ぎ去ったかのようではないか」

舎人たちがお互いに顔を見合わせ、無理やり寿ぎの声を上げる。それをひどく遠いものの如く聞く菟野の胸の中に、

（あの鮎は——あれは自分だ）

との思いがこみ上げてきた。

大海人王子の去就を窺うため、否を言う暇もなく宮仕えに遣られた自分。それは川から揚げられ、串刺しにされて干されたあの哀れな鮎となに一つ変わりはしない。だがあの干鮎は大海人一行の先行きを占うために仮初めの命を与えられ、この戦を語り継ぐ者たちの記憶に残り続けるだろう。それに比べれば自分はどうだ。密偵であることをとうに見破られた上、肝心の役目も果たせずにここで下手な芝居を打っている。

「お役目、ご苦労さまでございましたな」

柔らかな呼びかけに頭を巡らせば、あの若い舎人が目元を和ませて川の下流を見つめている。

「何も……わたくしは何もしておりませんよ」

この菟野の応えに、舎人は薄い笑みを口元に浮かべた。

「そんなことはありません。そもそも吉野宮からあの夜道をここまで歩き通されただけでも、大したことでございますよ。讃良さまに命じられた通り、わたくしが女孺どのの後にぴったり付いて急かし続けたためでもございましょうが」

そうか、やはり讃良女王が、と考えた菟野は、続いた言葉に目を剝いた。

「なにせ吉野は山深い土地。うっかりはぐれれば狼に食われる恐れもございますし、なにより攻め寄せてきた敵が気のはやりのあまり、置き去りになった女孺どのを手にかけることもありえます。そこまで思いを致されて、何が何でも女孺どのたちを一人残らず伴ってくれと仰るとは、いやさすがは讃良さまでございます」

「讃良さまが――」

「ええ。事あらばなにより女孺どのたちを守ってくれ、と堅くお命じになられました」

それはきっと、女孺たちの命を惜しんでではないのだろう。

わずかな手勢しか擁さぬ大海人王子が再び都に戻ることは、至難の業。だからこそそれをよく承知する讃良は、死せる干鮎に仮初めの命を与えてでも従う者たちの士気を高め、その行く手を先祝わんとしている。

足手まといのはずの女孺たちを引き連れ、殺せばいいはずの菟野をいまだ生かし続けているのも、そうすることで天神地祇（てんじんちぎ）および諸仏の加護を得ようとの祈りであろう。言い換えれば今なお菟野の命があるのは、ひとえに夫の武運を願う讃良の思いあればこそでは。

　考えてみれば、自分が間諜であることを証（あか）しする物は、何一つない。それだけに仮にこの先、大海人一行を近江京の軍勢が押し包んだとすれば、菟野は讃良たちとともに殺されるかもしれない。

　だが近江の伯父は菟野に密偵の務めを押し付けながらも、その命が助かるようには何も計らってくれない。所詮彼らにとって、自分は捨て石なのだ。

　熱い塊がぐうと喉の奥に迫（せ）り上げる。だとすれば――と菟野は自分に言い聞かせた。

　死した鮎はひと時の命を得て、泳ぎ去った。その一方で自分は、讃良女王の情けによって生かされている。ならば自分もまた、これから先の日々を新たに与えられた命と思って過ごすことに、何の躊躇（ためら）いが要るだろう。

「さあて、女孺どのもご覧になられましたな。あの鮎は間違いなく、川水の中に泳ぎ去りましたでしょう」

　自らに言い聞かせるように声を大きくする年嵩の舎人に、菟野は静かにうなずいた。

「ええ、確かにこの目で見ました」

大海人の挙兵が成るかどうか、それは菟野には分からない。しかし少なくともこの場に居合わせた菟野はもう二度と、大友を擁する蘇我家に戻ることは叶うまい。ならば自分もまた水に放たれた魚の如く生きようとして、何が悪いのだ。

見てやろう、と菟野は思った。讃良女王が知れ切った嘉例を拵えてまで寿ごうとした戦の果てを。自分を干鮎の如く搦め取り、無理やり間諜に仕立て上げた伯父や伯母のこれからを。それこそが水を得て甦った鮎の如き我が身の、生きる理由なのではないか。

おおい、という野太い音吐が風に乗って微かに聞こえてきた。

「なぜ、誰も戻って来ぬ。鮎はいったいどうなったのじゃ」

「鮎は——鮎は見事に泳ぎ去りましたぞ」

年嵩の舎人が空の皿を足元に置き、口に両手を当てて野の果てにいる主に怒鳴り返す。

涼やかな瀬音を立てる川に、菟野はじっと目を据えた。真っ暗な水の底がちらりと光り、鮎が鱗を閃かせて敏捷に泳ぎ去った気がした。

猟師とその妻——善知鳥(うとう)

あっと思ったときには、もう遅かった。

ずるりと足元が滑り、視界が反転する。錫杖を投げ捨て、有慶は夢中で腕を振り回した。

草深い山のただなかの獣道……。昨日の雨が悪かったのだろう。ひたすら山道を急いでいたその足元が、突然崩れたのだ。

羊歯に覆われた斜面を、三間あまりも滑り落ちただろうか。泥まみれになって身を起こし、有慶は痛む尻を恨めし気に撫でた。

「痛たたた、まったくなんて道だ」

ここ越中国（現在の富山県）立山は、古来、死者が赴くと言われる深山。それだけに辺りは昼なお暗く、初夏にもかかわらず、襟元や袖口から忍び入る風は総毛立つほど冷たい。

幸い怪我は負っていない。しかし這い上がろうにも急な斜の土は柔らかく、取り付く先からぼろぼろと崩れる。

「おおい、誰かいないかあ」

坂の上に向かって叫んだが、待てど暮らせど返事はない。

「まいったなあ。誰か通りがかるのを待つか」

師僧の手紙を届けるべく、京の仁和寺から越後（現在の新潟県）へ遣られた帰り道。無事に務めを果たし、立山見物のため回り道をした矢先だけに、別に道を急ぐわけではない。

これで日が西に傾いていれば野犬や狼が心配だが、初夏の陽はようやく頭上に差しかかったばかり。いくら人里離れた山中でも、夕刻までには杣人の一人や二人、通るだろう。まだ二十歳の気楽さからそう決めつけ、有慶が腰糧の握り飯を取り出したときである。

「おおい。大丈夫でございますかあ」

斜面の上で、野太い声がした。真っ黒に日焼けした男がぬっと顔を突き出し、

「今、縄を投げます。お摑まりなさい」と怒鳴った。

「おお、忝い」

渡りに船とはこのことだ。有慶は食べかけの握り飯を口に押し込み、ぱらりと降ってきた藤縄に取りついた。

縄の端を立木にくくりつけてくれたのだろう。縄を引いてその丈夫さを確かめると、有慶は羊歯の群れを踏みしめ、斜を登り始めた。ぬかるみに足を取られながらも、なんとか元の道へとたどり着いた。

「危ないところをありがとうございました」

そう礼を述べ、有慶は内心、息を呑んだ。

間近でふり仰いだ男は髪も髭も伸び放題で、大きな目ばかりがぎょろりと光っている。籠を背負い、笠をかぶってはいるものの、ぼろぼろのくくり袴に筒袖の衣といった風体は、草深い山中にあってもなお不気味であった。

（まさか、盗っ人追い剝ぎの類じゃなかろうな）

男があまりに塩梅よく現れたことを思い出し、有慶は後じさった。だが男はそれに気付かぬ様子で、「お怪我はないですか」と問うた。

「最前からお後をつけていたのですが、急にお姿が見えなくなって驚きました。この界隈は少し雨が降ると、すぐ道が崩れるのですよ」

「後をつけていたですと」

有慶は息を呑んだ。間違いない。追い剝ぎだ。しかし逃げねばと思うのに、恐怖に足が動かない。その場にぺたりと尻餅をつき、有慶は震える手を合わせた。

「い、命ばかりはお助けください。私にはまだ、やらねばならぬ務めがあるのです」

「なにを仰るのですか」

男は目をしばたたいてから、顔の前でひらひらと片手を振った。

「勘違いはおやめください。だいたいこんな深い山中に、盗賊なんぞ出ません。あいった奴らは、もう少し人の通る街道にいるものです」

なるほど、それも道理である。有慶はほっと安堵の息をついたが、そうすると今度は、ならばなぜこの男は自分の後をつけていたのだとの不審がこみ上げる。

「実は旅のお方と見込んで、お坊さまに一つ、お願いがありまして。どうお声をおかけしようかと迷いながら、お後を追いかけていたのです」

念のため、道端に落ちていた錫杖を小脇にかい込みつつ、有慶は男の顔を上目使いにうかがった。

「お坊さまはこの界隈の方ではございますまい。どこからどこに向かわれる途中ですか」

「師僧の使いで、京から越後に参りました。立山を見物した後、京に戻るつもりです」

「京へ。さようでございましたか」

　男の顔に落胆の色が浮かんだ。

「おいらは陸奥国（現在の福島県・宮城県・岩手県・青森県・秋田県の一部）外ヶ浜近くの者でして。ゆえあって妻子と離れ、この山中に暮らしているのです。もしお坊さまが北に行かれるのなら、女房に言付けを頼もうと思ったのですが」

　これが越中越後付近ならば、足を延ばすのも悪くない。だが陸奥外ヶ浜と言えば、みちのくの最果て。いくら恩があろうとも、気軽に使いを頼まれてやる距離ではなかった。

「それはお役に立てず、申し訳ありません」

　男が自分を追いかけていた理由を知り、有慶はようやく安堵の息をついた。路傍の石に腰かけながら、

「どんなご事情かは存じませんが、単身、こんな山中にお住まいとは大変ですな」

と、愛想の一つも口にする余裕が出てきた。

「わざわざ言付けを頼もうとなさるとは、陸奥に戻られるのは随分先なのですか」

「いいえ。言付けていただきたいのは、おいらの戻る日ではありません。実はおいらは昨年、女房子どもを捨てて、陸奥を飛び出してまいりまして。ですから旅のお

人に、おいらは越中で死んだと伝えてもらい、ついでに形見の品を運んでいただければと考えたのです」

「なんでございますと」

仰天する有慶に、男は「おそらく女房たちは今頃、おいらを懸命に探しておりましょう」と他人事のように続けた。

「ですから一日も早く諦めさせるためにも、おいらは死んだと伝えてもらわなきゃならないんです。けどまあ、都に戻られるんじゃしかたありません。また別の旅のお方を探します」

「いやいや、お待ちください」

男の言葉を、有慶は急いで遮った。

「夫であり父親であるそなたさまが家を空けては、家の方はさぞ難儀しておられましょう。自分は死んだことにするなどと言わず、一度、陸奥に戻ってはいかがです」

言いながら有慶は、自分が六つのときに病で亡くなった父のことを思い出していた。

夫を失った母は、耄碌し始めた祖母に有慶を預け、洛中のどこぞの公卿の屋敷に奉公に出た。だが奉公先で何かが起きたのか、はたまた呆けた老母と子を養う暮らしが嫌になったのか、三年も経たぬうちに、母は有慶たちの元に戻らなくなった。

幼い有慶は、母を探そうと必死になった。しかし孫の名前すら忘れがちな祖母が、母の勤め先を覚えているわけがない。そのため間もなく祖母が風邪をこじらせて亡くなると、有慶は近所の者たちの口利きで、仁和寺に入れられることになった。

もし父が早逝しなければ、そして母が自分たちを置いて逐電しなければ、有慶は今、こんな山の中にいはしなかった。そう考えると、目の前の男の姿が亡き父のように思われ、自ずと口調が昂った。

「鴛鴦の番は連れ合いが死ぬと、自らも命を絶つそうです。また善知鳥の親は雛が猟師に獲られると、血の涙を流して哀しむとか。鳥獣ですら夫婦親子の縁をこれほど大事にするのに、我ら人間がそれを軽んじてどうしますか」

言い募る有慶を、男はしばらくの間、表情のない顔で見つめていた。しかし不意に大きな息をつくと、「善知鳥、善知鳥なあ」と髪をかきむしって呻いた。

「そんなことは分かっておりますよ。だいたいあなたさまはそう仰るけど、じゃあ自分で善知鳥を獲ったことはおありですか」

「滅相もない。拙僧は仮にも出家の身ですから」

「おいらはあります。だからこそおいらは女房子どもを捨てようと決めたんです」

男はその場に腰を下ろしてうなだれた。日が翳ったのかと疑うほど暗い表情が、その面上に落ちた。

「どういうことです」

「おいらは陸奥では、猟師をして家の者を食わせていたんです。善知鳥なんてそれこそ、毎日のように捕まえましたっけ」

「それは釈迦に説法をいたしました」

顔を赤らめる有慶にはお構いなしに、男は訥々と続けた。

「おいらは元々、殺生が苦手だったんです。けどもらった女房が、猟師の娘でね。痩せた畑を耕すより、鳥や獣を獲った方が実入りがいいと唆され、その気になっちまったんですよ」

幼い頃から親を手伝ってきた女房は、罠を拵えることはもちろん、逃げようと足掻く獣を押さえつけ、その首を掻き切るのも厭わぬ気丈な女子だった。

だが生来気の小さい男には、必死に羽ばたく鳥の首をへし折ったり、まだ温かい獣の身体から血を絞る暮らしは性に合わなかった。洗っても洗っても落ちぬ血の匂いに眩暈を覚え、女房にせせら笑われることもしばしばだった。

「中でも辛かったのが、善知鳥狩りですよ」

男はぶるっと、身を震わせた。

「善知鳥って奴はね、子を獲られたとき、血の涙なんか流しません。ただウトウ、ウトウと啼きながら、延々とおいらを追いかけてくるんです。その声の哀しさと言ったら、今こうしてたって耳にこびりついて離れませんや」

善知鳥の親鳥は、海にほど近い地に巣を作る。そして巣に戻る際は「ウトウ」と啼き、「ヤスカタ」と応じる雛の囀りを頼りに、我が子を探し当てるのだと男は語った。

「あの切ない善知鳥の声に比べたら、鹿や猪のぽっかり開いた黒い目や、ほかほかと湯気を上げる腸なんぞ、大したことはありません。けど女房には、そんなおいらの辛さがどれだけ話しても分からなかったんでございます」

それどころか、夫の代わりに浜に出かけ、一日に十数羽もの雛を捕えてくる妻に、男は胸を塞がれるほどの苦しさを覚えた。

鳥獣や魚の生命を奪い、その身を食らわねば、自分たちが生きていけぬことは承知している。しかし明けても暮れても殺生を営み、それに一片の呵責も覚えぬ妻の姿は、男の目にはあまりに恐ろしく映ったのであった。

「とうとうたまりかね、わずかな蓄えを握りしめて家を出たのが去年の夏。色々な国を流れ歩き、今はこうしてこの立山で野宿を続けているというわけでございますよ」

このとき微かな羽音がして、藪蚊が一匹、男の腕に止まった。しかし男はそれを叩き潰そうともせず、むしろ愛おしいものを見る眼差しを小さな虫に注いだ。

「お気持ちは分かります。ですがそれはやはり、いささか勝手ではありませんか」

殺生戒は仏の戒めの一。このため男の猟に対する悔恨の念は、確かに仏道に適っている。

かつて一国の王子としてこの世に生を享けた釈迦は、愛する妻子を置き去りに出家し、ついに悟りを開いた。ならば男の行いは、釈迦の求道にも匹敵する貴い行為かもしれない。しかし頭の片隅でそう考えつつも、有慶はどうしても男を責めずにいられなかった。

彼の妻子は今頃、どれほど心細い思いをしているだろう。遠い陸奥にいる彼らが、まるで幼い日の自分と祖母の如く感じられ、矢も楯もたまらなくなった。

「分かりました、分かりましたよ。私が陸奥に行ってきましょう。あなたが亡くなったと伝えればいいのですね」

師僧は自分の戻りが遅れても、さして気にすまい。幸い懐の路銀は、まだ半分以上残っている。そのうち幾何かを男の家族に与え、今後の相談にも乗ってやろうと思った。

「本当ですか。ありがとうございます」

ぱっと顔を明るませ、男はいきなり自分の衣の袖をびりびりと裂いた。

「女房が訝しんだら、これを形見と言って渡してください。申し遅れましたが、おいらの名は鳥麻呂、女房は榎女といいます」

「鳥麻呂と榎女ですね。分かりました」

大きくうなずく有慶に、鳥麻呂がほっと笑う。その晴れやかな笑みが何とも腹立たしく、有慶は無言で衣の袖を懐に突っ込んだ。

ただ安請け合いをしたものの、まだ若い有慶の足でも陸奥国外ヶ浜にたどり着くまでは優に半月はかかる。

（しかたがない。仁和寺には文を送り、かくかくしかじかの理由で帰京が遅くなると申し上げよう）

夫に逃げられ、困惑している女房子どもを救うためと打ち明ければ、穏和な師僧は許してくれるはずだ。ひとり合点にそう決めつけるや、有慶は早速、山を下りた。

繁華な街道に半日ほど座り込み、都に向かう商人を捕まえて事情を話し、師僧宛ての文を託した。

「どれだけ遅くなっても、秋までには戻ります。ご心配なく、とお伝えください」

「おおよ、お坊さま。ですが道中、お気を付けなせえよ。陸奥といやあ、人を食らう鬼が大勢暮らすとも噂される恐ろしい地ですぜ」

まだ少年の面差しを残した有慶に、商人は気遣わしげに顔をしかめた。しかし一日も早く、外ヶ浜にたどり着かねばと逸る有慶の目には、そんな商人の懸念など皆目映ってはいなかった。

越後から信濃（現在の長野県）に入り、東山道を通って東国へ踏み入る。荒くれ者の郡司が蟠踞する上野（群馬県）・下野（栃木県）を抜ければ、もはや陸奥は目の前だ。

道を急ぐ間に暦は盛夏へと移り変わったが、不思議なことに旅寝を重ねるにつけて風は冷たくなり、立山では盛りを過ぎていた山桜の花は、青い蕾へと変わってゆく。

鋸の歯の如く入り組んだ海岸、足元を吹きつける強い風……だがそんな初めて見る風土よりもなお有慶の心を捕えていたのは、鳥麻呂に捨てられた妻子はどれだけ不安な思いをしているだろうという危惧であった。

長旅の心もとなさなど、感じている余裕はない。ただただ必死に足を励まし、ようやく外ヶ浜に至ったのは、立山を下りてちょうど二十日後であった。

「着いたぞ。あれが外ヶ浜だな」

荒海に面した浜辺へと向かう小道を辿りながら、有慶は我知らず叫んだ。

浜辺は小石が多く、打ち寄せる波は荒い。潮風を避けるかのように軒の低い家が、坂上の松林を背にぽつりぽつりと立ち並んでいる。

荒布（あらめ）か貝でも拾うのだろう。痩せた老婆が一人、笊（ざる）を手に浜へ向かうのを見つけ、「おおい」と有慶は呼びかけた。

「この辺りに、榎女という女はおりませんか」

濁った目をぎょろりと剝き、老婆は小腰をかがめたまま有慶を見上げた。

「それは、鳥麻呂の女房の榎女かのう」

「そうです。私は越中で亡くなったその鳥麻呂から、形見の品を預かってまいりました。すみませんが榎女の住まいを、教えてはいただけませんか」

「なんと、鳥麻呂が亡くなったとな」

有慶の言葉を皆まで聞かず、老婆は驚きの声を上げた。しかしすぐに何やら得心した面持ちでうなずき、「まあ、それもしかたないわなあ」と呟（つぶや）いた。

「何せあの榎女は、名うての猟師の娘じゃ。幼い頃から多くの殺生をしてきた女の連れ合いには、あの男は気が弱すぎたのかもしれぬ」

老婆はよたよたと浜に下り、黒っぽい浜辺に落ちる海草をゆっくりと拾い始めた。打ち寄せる波で砂を洗い落とし、ささくれた笊にそれを放り込んでから、「おお、そうじゃった。榎女の住まいじゃったな」とようやく有慶を顧みた。

「あの女の家は、それ、あれなる岬を回った向こうじゃ。申しておくがな、お坊さま」

「はい、なんでしょう」

「榎女に形見を渡したら、さっさとこの浜を立ち去るがよいぞよ。猟師の娘は、とかく獲物を狩るに長けておる。それが獣であれ男であれ、榎女にかかってはひとたまりもないでな」

けけけ、と下卑(げび)た笑いを漏らし、老婆が踵(きびす)を返す。有慶は「なんだい、ありゃあ」と胸の中で呟き、その背中を睨(にら)みつけた。

これでも自分は出家だ。幾ら後家とはいえ、女子に心を奪われなぞしない。それに榎女は今頃、頼りの夫に去られ、さぞかし心細い日々を送っていよう。そんな女が、旅の僧とねんごろになりたいとなぞ思うものか。

人を侮辱するにもほどがある。むくつけな老婆の言葉に怒りすら覚えながら、有慶は波が白い泡を食(は)む波打ち際を、小走りに駆け抜けた。

岬を回り込んだ先は岩場になっており、小さな花をつけた蔓草が荒い風に揺れている。その果てにぽつんと一軒だけ建つ家をそれと見定め、有慶がますます足を速めたときである。

「ああ、駄目だよ。旅のお人」

簑を着けた人影が突然岩場のくぼみから立ち上がり、有慶を険しく制した。

「今、狩りをしている最中なんだ。通るんだったら、その後にしておくれでないかい」

人の気配なぞ微塵も感じなかっただけに、有慶はぎょっとして相手を見た。

目深(まぶか)に笠をかぶり、腰に鳥の羽で作った簑を着けているが、その声は高く、目鼻立ちは鑿(のみ)で彫ったようにきりりっと整っている。女だ。

年は有慶より、三つ、四つ上らしい。ごつごつとした岩場には不釣り合いなほど端正な顔に、有慶は息を呑んだ。

だが女は有慶の様子には頓着せず、不意に細い喉を反らして、頭上を仰ぎ見た。有慶の首根っこを押さえるようにしてその場にしゃがみ込む。

「頼むからあんた、しばらくそこでおとなしくしていておくれよ」

と囁(ささや)いて、四つん這いで岩場をそろそろと進み出した。

その背には靫(うつぼ)と弓が背負われ、腰からは革の鞘(さや)に覆われた鉈(なた)と大きな籠が無造作に下がっている。

ちらりと影がよぎった気がして目を上げれば、鴉(からす)ほどの大きさの黒い鳥が岩場をかすめて海へと飛んでゆく。日向(ひなた)の色の嘴(くちばし)と黄色い足が、有慶の眼裏(まなうら)にはっきりと焼きついた。

女は岩場に伏せたまま、目だけを動かして鳥の姿を追った。しかしその影がやがて崖の下に消えたと見ると、小走りに岩場を走り抜け、その向こうに広がる砂地へと向かった。

その身動きは敏捷で、わらじ履きの足は物音一つ立てない。あっけに取られてその背を見送る有慶を知ってか知らずか、女は不意に笠を上げ、ひゅううと口笛を吹いた。

その途端、砂地のどこかで、ちち、ちち、と小さな囀(さえず)りが響く。女はにやりと頬を緩めるや、今度は同じ口笛を少し大きな音で吹いた。

ひゅうう、というその音は、心なしか「ウトウ」と聞こえなくもない。そしてそれに応じる微かな啼き声は、「ヤスカタ」という音色だ。

（この女は――）

有慶が目を見張った刹那（せつな）、女は小柄な身体をぱっとひるがえして、土が剝き出しになった一角に向かって跳ねた。両手で素早く地面を掘るや、激しく啼く小鳥を摑み出す。

有慶が声を上げる暇もない。まるで野の花を手折るように、鳥の細首を片手でぽきりぽきりと折り、女は腰に下げた籠の中に片っ端から放り込んだ。

軽い羽音がして顧みれば、海の方角から先ほどの鳥が矢を思わせる速度で飛んでくる。雛鳥が女に獲られたことに気付いたのだろう。女の頭上でぐるぐると弧を描いて飛び回り、先ほどの口笛そっくりの啼き声を上げた。

「ちっ、やかましい奴だよ」

女が背中に手をやり、弓を構える。しかしながら親鳥はその気配をいち早く察したのか、もう一度「ウトウ」と悲しげに啼き、大きく羽ばたいてそのまま岩場の向こうに逃げ去った。

「なんだい。親子ともども捕まえて、今夜は善知鳥汁にしようと思ったのにさ」

つまらなさげに舌打ちし、女は弓を下ろした。思い出したように有慶を振り返った。

「ああ、あんた。足止めして、悪かったね。猟は終わったから、もう通ってもいいよ」

その声は恬淡と明るいが、節の目立つ両手の指は雛鳥の首を折った際の血で汚れている。呆然とした有慶の眼差しに、女は腰の羽簑で手を拭った。

「お坊さまの前で殺生をしたりして、悪かったよ。けどここじゃそうでもしなきゃあ、食っていけないんだ。地獄に落ちるのは覚悟の猟師稼業と思って、許しておくれよ」

「い、いいえ」

有慶はあわてて、首を横に振った。

出家である我が身からすれば、なんのためらいもなく雛鳥の首を折った女に、御仏の慈悲を説くのが筋であろう。だがあまりに鮮やかな女の手つきと堂々とした物言いに、有慶は虚を衝かれていた。

「せ、拙僧は京から来た有慶と申します。実は越中国立山で鳥麻呂なる御仁とお目にかかり、その最期を看取らせてもらいました」

「鳥麻呂だって。あんた、うちの人に会ったのかい」

女は形のいい目を大きく見張った。鼻と鼻がぶつかるほどの勢いで有慶に近付くや、

「あんた、今、うちの人の最期を看取ったと言ったね。じゃああの人は、越中国で死んだっていうのかい」

とわなわなと身体を震わせた。

しまった。鳥麻呂から形見として渡してほしいという品こそ預かったが、その死の様をどう語るのかは、なんの打ち合わせもしていない。有慶は必死に平静を装い、

「は、はい」と大きくうなずいた。

「わ、私が鳥麻呂どのと会ったのは、今年の春先。家族にまともな暮らしをさせてやりたいと越中に働きに出られた鳥麻呂どのは、立山の麓の寺で病みつかれ、たまたま行き逢った私に、陸奥外ヶ浜まで形見の品を届けてほしいと仰ったのです」

信じられない、と呻く榎女に、有慶は鳥麻呂から預かってきた衣の片袖を渡した。

「鳥麻呂どのは最期まで、榎女どのとお子の身を案じておられました。私はそのお心を少しでも安んじるために、こうして外ヶ浜にまかり越したのです」

榎女は鳥麻呂の形見に、じっと目を注いだ。無理もない。一年近くも行方不明だった夫の消息が知れたと思ったら、もう何か月も前に彼は亡くなっていたと告げら

れたのだ。

有慶は榎女が泣き喚くだろうと、身体を固くした。しかし榎女は手の中の片袖を不意にくしゃりと握りしめるや、腰に下げた籠の中に乱暴に突っ込んだ。

そして片手で笠を跳ね上げ、

「そりゃあ、とんでもないお手間をかけたねえ。お坊さま」

と、時候の挨拶でも交わすような声とともに、にっこり笑った。夫の死を聞かされた女房の顔とは思えぬほど、明るい笑顔であった。

(いま――いま、なんだと?)

まったく予想していなかった榎女の挙措に、頭の中が真っ白になる。

どういうことだ。自分は夫に去られた榎女がさぞ困っているはずと思い、鳥麻呂を叱咤までして、ここまで来たのに。これではまるで榎女は端から、夫の身なぞ皆目案じていなかったかのようではないか。

「それにしてもこんな遠くまで来ていただいて、悪かったねえ。とりあえず、今日のお宿は決まっていないんだろう? 今夜はうちにお泊りよ」

有慶の当惑にはお構いなしに、榎女がくるりと踵を返す。その腰についた鳥の血は、まだぬめりを残して赤かった。

榎女の家は、浜からほど近い松林のただなかにあった。古びているものの手入れが行き届き、軒下には板に貼り付けられた獣の皮が陰干しされている。

「おおい。帰ったよ、稚笠（ちがさ）」

呼び立てる声に、まだ六、七歳と思しき少年が奥から転がるように出てくる。これが鳥麻呂の息子だろう。きょろりと丸い目が、父親とよく似ている。

なぜかその身動きにつれて、小さな羽埃が少年の足元にふわりと渦を巻いた。

「それ、今日の獲物だ。雛ばっかりだが、夕餉（ゆうげ）にはちょうどよかろうよ」

腰に下げた雛鳥を縄ごと無造作に息子に渡し、「さあ、我が家と思ってくつろいどくれ」と榎女は有慶に笑いかけた。

「い、いいえ。滅相もない」

榎女の繰（く）り言（ごと）を聞き、幾ばくかの銭を置いたらすぐ立ち去ろうと思っていただけに、有慶は首を横に振った。しかし榎女は「そんなことお言いでないよ」と笑い、薄汚れた円座を炉の傍（かたわ）らに無造作に置いた。

「だってあんた、うちの人の形見をわざわざ届けてくれたんだろ。そんなお人をもてなさずに帰しちゃ、後生が悪いってもんだよ」

先ほど浜辺で出会った老婆の言葉が、ふと脳裏をよぎる。

草鞋(わらじ)も脱がずに土間に突っ立つ有慶にじれたのだろう。

「ああもう、めんどくさいね」

と吐き捨て、榎女は有慶の腕を掴み、ぐいと上(あ)がり框(がまち)に引っ張り上げた。女の細腕とは思えぬ、強力(ごうりき)であった。

「で、では、お言葉に甘えて、少しだけ」

夫の訃報に接してもなお、榎女の顔は明るい。その事実に肩透かしを食らった気分で、有慶は円座に膝を揃えた。

「それにしてもあんた、腹は減ってないかい。少し早いけど、晩飯にしようかね」

このとき稚笠が、笊に何かを載せて運んできた。子どもらしからぬ巧みな手つきで串を打ち、炉辺に並べたのは、羽をむしられ、灰色の瞼(まぶた)をぐったり閉ざした善知鳥の雛だ。

待つ間もなくじゅうじゅうと脂を上げ始めた串を、榎女が有慶に突きつける。

「それ、焼けたよ。お食べな」

「い、いえ。拙僧は出家にて」

懸命に固辞する有慶に、榎女は薄く笑った。

「出家だから何だってんだい。この辺りじゃ米は取れないし、食うものと言ったら魚か鳥獣しかないよ」

「な、なら。夕餉は結構でございます」

一晩ぐらい飯を抜いたとて、死にはしない。そんな有慶に、榎女は「分かってないねえ」と嘆息した。

「あんたが食ってやらなけりゃ、この鳥はこのまま炭になっちまうんだよ。そしたら、こいつらは無駄死にさ。あんた、それでも食わないって言うのかい」

炉辺の串は、二十本、いや三十本はある。有慶の向かいには稚笠が座り込み、顔じゅうをべとべとにして雛鳥に食らいついているが、それでも母子二人だけでは確かにこれほどの鳥を食い尽くせまい。

「こいつらはあたいたちに食べられるために、捕まえられたんだ。だったら骨一片残さず食ってやることが、供養ってもんじゃないか」

言うなり榎女は頃合いに焼けた串を、横くわえにした。小さな雛鳥を頭から噛み砕き、ごくりと喉を鳴らして呑み下す。汚れた口元を手の甲で拭い、大きく息をついた。

「そりゃお坊さまからすれば、あたいたち猟師の生業（なりわい）はさぞ忌まわしかろうね。けど田畑もろくにないこんな地じゃ、こんな暮らししかできないんだ」

「べ、別に忌まわしいなどとは」

言い返しながら、有慶はぬれぬれと動く榎女の口からなぜか目を離せずにいた。

女が珍しいわけではない。まだ有慶が都にいた頃、寺をひんぱんに訪れた上つ方(うえつかた)の女房衆は常に、天女の羽衣かと見まごうほど美しい衣をまとい、花の香の如き薫香を漂わせていた。それに比べれば、真っ黒に日焼けした榎女の挙措は蕪雑(ぶざつ)この上ないというのに、なぜかその姿から目が離せない。

「なら、食べな。お釈迦さまとて、こんな鄙(ひな)の地までいちいち目を光らせちゃいないよ」

有慶は唇を真一文字に引き結んだ。そうだ。自分は鳥麻呂に去られた榎女を慰めるため、はるばる陸奥まで来たのではないか。ここでその気遣いを拒んでは、いったいはるばる何をしに来たのか。

(衆生を救うためであれば、御仏も破戒をお咎めにはなられまい)

有慶は突きつけられた串を、恐る恐る手に取った。目を堅く閉じてかぶりつけば、芳しい肉の香りと程よい塩気が口の中にあふれる。

それを旨いと感じる自分に、有慶は戦慄した。やむを得ずとはいえ、超えてはいけない何かをまたぎ越した気がした。

「そう、それでいいのさ。さあ、食べな」

炉辺ではしきりに煙が上がり、うまそうな匂いは増す一方である。それに不思議な焦りを覚えながら、有慶は勧められるまま次々と串に手を伸ばした。

「なんだ、やっぱり腹が減ってたんだね」

榎女がくすりと笑い、有慶に肩をすり寄せた。草いきれにも似た涼しげな体臭が、肉の焼ける匂いと混じって有慶の鼻をくすぐった。

「は、はい。そりゃあ、もう」

離れねばならぬと思うのに、不思議に体が動かない。榎女の手が有慶の膝を這い、衣の裾を割る。ぶるっと小さく身を震わせる有慶にくくと笑い、榎女は更に指を奥へと進めた。

「どうしたんだい。もう、こんなになっているじゃないか」

いけません。私は御仏に仕える身……と叫びだしたいにもかかわらず、喉がからからに干上がって、声が出ない。

救いを求めてさまよわせた目が、稚笠のそれとかち合う。だが稚笠はもつれ合う二人を妙に大人びた眼差しで一瞥するや、その場にごろりと横たわって、すぐに軽い寝息を立てだした。

「ふふ、稚笠はいい子だろう。あの年で獣もさばけば、毛皮だってなめすんだよ」

いつしか日は傾き、室内に薄闇が這い始めている。ほだ火を受け、ぎらりと光った榎女の目を、有慶は呆然と見上げた。

青草の匂いが、いっそう濃く辺りに這い始めていた。


翌朝、重い身体を励まして有慶が起きたとき、榎女と稚笠の姿はすでに屋内になかった。あわてて衣を整えて飛び出せば、裏手でざぶざぶと水音がする。衣の両袖を結び、裾を帯に挟み込んだ榎女が、地面に転がした巨大な肉塊に桶(おけ)の水をぶちまけているのだ。

その傍らでは下帯一つになった稚笠が、血まみれの敷物に似た何かの上に座り込み、小さな刃物を操っている。

洗っても洗いきれぬ血の匂いが四囲に満ち、丸々と太った蠅(はえ)がぶんぶんと音を立てて、二人の頭上を飛び回っていた。

「ようやく起きたかい」

振り返った榎女の手足は、内側から灯を点(とも)したようにぼおと桃色に染まっている。

昨夜の痴態を思い出して頭をほてらせた有慶にはお構いなしに、足元の肉塊を顎で指した。

「朝一番に罠にかかった猪さ。血抜きは終わっているし、腸は山に埋めてきたけど、早めに肉にしちまいたいんだ。手伝っとくれ」

稚笠が尻を降ろしている敷物は、どうやら猪の皮らしい。裏側についた肉や脂を、こそげ落としているのだ。

「どうしたい。猪の肉は、ぐずぐずしていると固くなっちまうんだよ」

水をかける手を少しでも休めると、白と赤がまだらに入り混じった肉塊の表面には、じわじわと薄い血がにじんでくる。ぽっかりと空いた腹腔が妙に黒ずんで見え、有慶は激しい眩暈を覚えた。

女房について懸命に語る鳥麻呂の姿が、脳裏をよぎる。あのとき、自分は妻を捨てようとする鳥麻呂の身勝手さに腹を立て、ただその妻を慰撫することばかり考えていた。だがこうして実際に目にした榎女は、夫がいようがいまいがお構いなしに、ただ毎日猟に明け暮れている。

（善知鳥――）

善知鳥の親は子を慕い、子は親を慕う。夫婦の仲もそれと同様、一方が去れば残された者は悲しみ、苦しむものだとばかり思っていたのは、間違いだったのか。

あ、という声とともに、稚笠が顔をあげた。その眼差しの先では、朝日に黒々と羽を光らせた善知鳥が数羽、海の方へと飛んでゆく。

「おっかあ、善知鳥だよ」

「ああ、後でまた善知鳥を獲りに行こうねえ。でもその前に、浜にこの肉を売りに行くよ。——ねえ、うちは男手が少ないんだ。あんたも助けてくれるだろう？」

とっさに「は、はい」と首肯した有慶に、榎女がふてぶてしく笑う。その瞬間、有慶は自分がまるで尾を振って主に従う、従順な犬に成り果てた気がした。

自分が榎女と共に肉を売りに出かければ、浜の人々は——昨日、道を尋ねた老婆はなんと思うだろう。あれほど忠告してやったのに榎女にくわえ込まれた愚か者と有慶をそしり、あざけるのか。それともまた愚かな男が一人増えた、とため息をつくのか。

連れ合いを失った妻を、ただ慰めてやりたいと思った、ただそれだけなのに。なのになぜ自分は一夜にして、榎女に縛られてしまったのか。

鳥麻呂は生きるために猟師となりながらも、結局は榎女に恐怖し、彼女の元から逃げ出した。もしかしたら榎女の殺生を目の当たりにした上、勧められるままに雛鳥まで食らった自分は、かつての鳥麻呂同様、このまま榎女に従わされ、いずれは彼と同じ生業に手を染めるのではないか。

「おおい、なにぼんやりしているんだい。肉を切るのを手伝っておくれ」

そして今は榎女の言いなりになりつつも、やがては自分もまた、その血みどろの手に怯え、この陸奥から逃げ出すのでは。その後、どこか遠方で自分の所業をなじる男に形見を託し、その男はまた榎女を訪ねてこの地に――。

善知鳥は己の巣の中に、愛しい子を隠す。ならば今、この古びた家に留められようとしている自分は、いったい何なのだ。

(善知鳥は……善知鳥とは、いったい誰なのだ)

繰り返される殺生と、そこに次々と引き込まれる男たち。それは無数の善知鳥を殺し続けてきた榎女に降りかかった呪いか。

ただ少なくとも男たちとは異なり、美しくもたくましい榎女は、これからもこの先も、自らの境涯を嘆きはすまい。だとすれば自分や鳥麻呂は、黒鉄の嘴と銅の爪を持つ怪鳥の如き榎女に啄まれ、食らい尽くされる、哀れな地獄の亡者なのに違いない。

おおい、と榎女が有慶を呼ぶ。はい、とついそれに応じた有慶の耳に、自分たちの声は啼き交わす善知鳥と雛のそれとそっくりに聞こえた。

大臣(おとど)の娘——雲雀山(ひばりやま)

眩い朝日が、新緑の山々を白々と輝かせている。

木の間から差し込む日差しの明るさに目を細めながら、綿売は足元に置いていた手籠を肘にかけた。

梔子に小菊、空木に葛……。暗いうちから山に入って摘んできた野の花は、まだ冷たい朝露を花弁の間に含んでいる。その清澄な花の香を胸いっぱいに吸い込んでから、「姫さま」と綿売は長室の奥に声をかけた。

「では、花売りに行ってまいります。海柘榴市に立ち寄りますので、今日も戻りは日暮れになるかと」

応えがないのは、数日前から変わらない。それでも長室に向かって深々と頭を下げ、綿売は古びた本堂へ向かった。

薄暗がりの奥に鎮座する木造の阿弥陀如来坐像に手を合わせ、主である姫君へのご加護と今日一日の安寧を真っ先に願う。

「何卒、豊成さまが一刻も早く、姫君をお迎えにお越しくださいますように」

と小声で付け加えてから、綿売はようやく寺門をくぐった。

「これはこれは。また花売りにお出かけかな、乳母どの」

折しも石段を掃き清めていた住持が、白い眉を跳ね上げて問う。

はい、とそれに小腰を屈めて応じるのに、「かように懸命に働かずとも、お二人を食わせる米ぐらいは十分にあるのじゃがのう」と住持はため息まじりに言った。

「お志はまことに嬉しゅうございます。ただ寺に置いていただけるだけでもありがたいのに、更なるご迷惑をおかけするわけにはまいりません」

されど、と言いかける住持をさえぎり、綿売は「しばし姫さまをお願いいたします」と低頭した。花籠に片手を添え、大急ぎで夏草の茂り始めた石段を下った。

人里離れた宇陀・雲雀山のただなかだけに、この青蓮寺に暮らすのは老齢の住持と小坊主の二人だけ。いくら近隣の杣人からの寄進があるとはいえ、綿売と姫の食い扶持まで、この小寺の世話になるわけにはいかない。

それに綿売が街道で花を売り、市に出かけるのは、ただ銭を稼ごうとしてではない。なにせ綿売が仕える姫君は、元右大臣・藤原豊成の末娘。それが突然屋敷を出奔したとあっては、都で騒ぎにならぬはずがなかった。

いくら母親が身分の低い女官とはいえ、仮にも右大臣の息女である姫君には、このような草深い田舎の山寺暮らしはふさわしくない。一日も早く屋敷に姫をお戻ししたいと考えているだけに、綿売はその時期を計るべく、折ごとに人々の集まる市に出かけ続け、都からの噂に耳をそばだてていたのであった。

（やれやれ、それにしても豊成さまにも困ったものだこと）

豊成は知らぬのだ。物心つく前に実母を亡くした十四歳の姫が、どれほどの覚悟で屋敷を抜け出したかなぞ。そして彼の正妻がこれまで、継子（ままこ）である姫君に日々どれだけ辛く当たってきたかも。

綿売が乳母子である姫君から、屋敷を出たいと打ち明けられたのは半月前。その言葉が本心であることを幾度も確認した末、夜陰にまぎれて屋敷を抜け出し、遠縁である住持を頼って青蓮寺に逃げ込んだときは、よもや宇陀の山里暮らしがこれほど長く続くとは思わなかった。

きっと二、三日もすれば、豊成は自らの妻の行状と姫の不遇に思い至り、あちらこちらに従者をやって姫の行方を尋ねさせるだろう。そうすれば青蓮寺に暮らす自分たちなぞ、すぐさま見つけてもらえると考えていたのに。

どういうわけか五日、十日と過ぎても寺に迎えは来ず、市を訪（おとな）っても豊成卿の姫君を巡る噂話は聞こえてこない。そうでなくとも継母からの仕打ちと父親への恨みに心を痛めていた姫君はおかげですっかり元気をなくし、今では唯一無二の味方である綿売の言葉にもほとんど返事を寄越さぬ始末である。

このままでは豊成の使いが寺を探し当てる前に、姫君は憔悴のあまり、寝ついてしまうかもしれない。とはいえ今更こちらから屋敷に戻ることも出来かね、綿売はほとんど祈るような気持ちで、毎日、花売りに出かけていた。

こうなれば、右大臣家の迎えが青蓮寺に現れなくてもしかたがない。ただ豊成が娘の行方を捜し求めているとの噂が立ち次第、姫を連れて都に戻ってもいいとすら、最近は考え始めていた。

「花、花はいかがでございます」

青蓮寺から山道を一刻近く下れば、そこは南都から伊勢へと続く街道である。気候のいい季節だけに、旅の者も多いのだろう。天蓋の如く頭上を覆う若葉のせいで、淡い緑色に染め上げられた旅人たちに売り声をかけながら、綿売は街道を西へ西へと向かった。

路傍の石仏や社に供え、道中の安寧を祈るのだろう。

「わしに一本くれ」

「こちらにも二本」

と旅人たちから止められるたび、先ほどより少しだけ花びらのほころんだ花が籠から引き抜かれていく。

花はいかがでございます、と重ねて呼ばわりながら、綿売は長い坂の続く長谷寺の門前を通り過ぎた。残った花は海柘榴市で売ろうと考えつつ、痛み始めた足を励ました。

「おっ母さま、おっ母さまじゃないか」

笠をかぶり、杖をついた女が、綿売とすれ違いざま、急に素っ頓狂に叫んだ。

「あたしだよ。鴇女だよ」

海柘榴市で商いをしてきた帰りらしく、空の籠を背負った女を、綿売は驚いて見つめた。すると相手の女は、「なにをぼんやりしているんだい」と言って綿売の腕を強く摑み、街道の端へと引き寄せた。

愛嬌のある豊かな頰に刻まれた黒子が、綿売の記憶を一度に呼び覚ました。

「鴇女。お前、本当に鴇女かい」

とはいえ十余年前、別れた夫の元に置いてきたとき、娘の鴇女はまだ六つ。それだけに褐色に日焼けした目の前の女が到底わが子とは思えず、綿売は上ずった声で問い返した。

「嫌だねえ。お屋敷奉公の間に、実の娘の顔も忘れちまったのかい」

そう笑う鴇女の顔は、見れば見るほど、幼い頃の面影を留めている。

それにしても出て行った母親のことをよく覚えていたものだと思いつつ、「い——いいや、忘れちゃいないよ」と綿売はあわてて、首を横に振った。

綿売のかつての夫は、木工寮に勤める官人。ただ常はおとなしいくせに、酒を飲むと気性が変わるのが難で、ある日、二人目の子を身ごもっていた綿売の腹に桶をぶつけ、子を流産させてしまったのである。

酔いから覚めた夫は冷たい土間に両手をつき、必死に綿売に詫びた。だが長年、夫の酒癖の悪さに悩まされていた綿売は、これをきっかけに家を出ようと腹をくった。隣家の息子が豊成邸で勤めているのを縁に、当時、生まれたばかりの姫君の乳母の職を得たのであった。

なにせ初めての奉公だけに、まだ六歳の鴇女を連れて行けるあてはない。それに自分よりも夫に懐いていた娘との二人暮らしを思い描くこともできず、逃げるように置いてきたその鴇女と、こんな街道沿いで巡り合おうとは。

「あの人は元気かい」

昔の夫の名を口にしようとして、とっさにそれが思い出せない。狼狽を押し隠して問いかけた綿売に、鴇女はいささか鼻白んだ顔になった。

「お父っつぁんだったら、とっくの昔に酒の毒のせいで死んじまったよ。かれこれ六年になるさ」

そうかい、と言いかけたものの、悲しみはひと欠片(かけら)とて湧いてこない。なにを言ってもかえって空々しい気がして、綿売はただ、「そうだったのかい」と呟(つぶや)いた。

「それで鴇女。お前、今どうしているんだよ。住まいはこの辺りなのかい」

「ああ、あたしは三年前に桜井の酒屋に嫁いでね。今日は市に出かけたついでに、長谷寺の近くに用事を片付けに来たのさ」

「そうかい。酒屋に」

うなずいた綿売に、鴇女はぐいと顔を寄せた。街道を行き交う人々の耳目をはばかる口調で、「ところでおっ母さんはいつの間に、右大臣さまのところのご奉公を辞めたんだい」と問うた。

見るからに花売り然とした姿に、いまだ姫君に仕えているとは考えもしなかったのだろう。それにしても、周囲の人々を避けるような鴇女の口ぶりに、綿売の胸にふと不審がきざした。

「そりゃまたなんで、そんなことを聞くんだい」

「じゃあ、おっ母さんは何も知らないのかい」

ますます声を低めるや、鴇女は綿売の腕を引いて、道端にしゃがみ込んだ。

「ちょうど今朝、うちの店に来た都のお役人から聞いたんだ。京じゃおっ母さんがお仕えしていた大臣の娘御が行方知れずになったと、ずいぶんな噂らしいよ。本当のところは誰も分からないんだけど、右大臣さまのご正室がなさぬ仲の娘を邪魔にして、人知れず山中に連れて行って殺しちまったんじゃないかともっぱらの評判なんだって」

「何だって」

綿売は思わず大声を上げた。それをしっと叱りつけ、鴇女は更に続けた。

「無論、ご正室はそんな真似はしていないと仰っているらしいけどさ。とはいえ、お屋敷からこれまで一歩も出たことのないお姫さまが、いきなり霞みたいに消えちまったんだ。ご正室とお姫さまはそれはそれは仲が悪かったともいうし、こりゃあ誰がどう見ても、噂が正しいに決まってるよねえ」

なんてことだ、と綿売は胸の中で呻いた。

豊成卿からの迎えが来ないのも当然だ。なぜ、そんな根も葉もない噂が流れたかは知らないが、ともあれ豊成卿はとっくの昔に姫は亡くなっていると考えているわけか。

豊成は正室との間に四人の男子を儲けており、そのいずれもが立派に成人して、宮仕えしている。それだけにたった一人、身分の低い女から生まれた姫君に対し、彼の関心が薄いことは気付いていた。しかしそれにしても、姫君がいなくなった理由を調べもせぬまま、その死を得心してしまうとは。

豊成の正室は、先の太政大臣の娘。それだけにまさか豊成も、正室が姫を殺したという噂なぞ信じてはおるまい。おそらくは広大な屋敷の池にでもはまったか、さもなくば盗賊にさらわれ、人知れず山中で殺されたと考えているのではないか。

こんなことになると承知していれば、姫君の求めに応じ、出奔なぞするのではなかった。父の迎えをひたすら待っている姫君になんと説明すればいいのか、と綿売は頭を抱えた。

日が傾いてきたのだろう。頭上から降り注いでいた若葉越しの陽光が不意に翳（かげ）り、湿気を孕（はら）んだ風が脛（すね）に静かにからみついてきた。

「どうしたんだい、おっ母さま。えらく、顔色が悪いよ」

はっと我に返れば、鵖女がくっきりとした眉をひそめて、綿売の顔を覗き込んでいる。その面持ちが若い頃の自分にそっくりであることに今更驚きながら、「大丈夫だよ」と綿売は無理に笑顔を繕った。

「あまりに日差しが強すぎて、気分が悪くなっただけさ。大したことはないよ」

「そんなわけがあるものか。顔も唇も、真っ青じゃないか。ちょっと、ここに座りなよ。どこかで水を汲んできてあげるからさ」

路傍の石に無理やり綿売を座らせるや、鴇女は白い脛をひらめかせて、どこへともなく走り去った。待つ間もなく駆け戻ってくるや、腰に下げた竹筒の栓を抜き、綿売の手に握らせた。

「ここから少し道を西に行ったところに、いい湧き水があってね。あたしはいつもそこで水を汲むのさ。さあ、冷たいうちに飲みなよ」

なるほど水滴をまとわりつかせた竹筒は、それ自身が氷の欠片かと疑うほどに冷たい。その一方で、それを握らせる鴇女の腕は、まだ二十歳そこそこの若さを漲らせて温かく、綿売は娘の顔を仰いだ。

「どうしたい、おっ母さま。あたしの顔になにかついているのかい」

はきはきとしたその口振りに、いくら夫が甲斐性なしだったとはいえ、なぜ自分はこんな出来のいい娘まで捨ててしまったのか、という後悔が胸にこみ上げる。そうだ。仮に鴇女が側にいてくれたならば、姫から出奔の相談を持ちかけられたとき、意見を求めもできただろうに。

　潤みかかる目を懸命にしばたたき、綿売は竹筒に唇をつけた。よく冷えた水が喉を通るのに合わせて、わずかに気持ちが落ち着いてくる。肩で大きく息をつき、「ああ、どうしよう」と呟いた。

「どうしようって、何かあったのかい」

「姫さまは――豊成さまの姫君は、お亡くなりになってなんかいないんだ。ご正室さまの冷淡さに耐えかねて、ただお屋敷を飛び出されただけなんだよ」

「なんだって」

　目を見開いた鴇女に、綿売は堰を切った勢いで、この三月の出来事を語った。そうでなくとも、いつ主の豊成が探しに来てくれるかと耐え続けていた最中だけに、語れば語るほど不安は喉を突き、ついには鴇女の腕にすがりつきながら必死に言葉を連ね続けていた。

「じゃあ姫さまは、本当はお屋敷に戻りたいんだね」

「ああ、そうさ。当然じゃないか」

　こうなれば一刻も早く都に戻り、姫の無事を豊成に知らせねば。しかし実の父の豊成が自分の出奔になんの疑念も抱かず、とっくに亡くなっていると思い込んでいるとなれば、姫はどれほど悲しむだろう。

（ああ、まったく。こんなことになると分かっていれば、姫さまから屋敷を出たいと言われたとき、もっと真剣にお止めしたのに）

豊成は政の手腕には長けているが、その一方で、身近な人間の気持ちをほとんど推量しない。それだけに姫も自分と義母との相克になんとか気付いてほしいと出奔を思いついたのだが、まさかこんな結果を招こうとは。

とはいえこのまま青蓮寺で待っても、迎えは来ないことははっきりした。姫とともに都に戻れば、自分は出奔を止められなかった不忠者として、お暇を言い渡されるだろう。ならばせめて最後のご奉公に、長年、姫が胸の底に溜め込んでいた思いを主にぶちまけ、姫の苦しみを少しでも楽にして差し上げよう。

よし、と拳を握り締めた綿売に、「まさかと思うけど、都にのこのこ戻るつもりかい」と鴇女は顔色をうかがう様子で問うた。

「ああ。もちろん、そのつもりだよ」

「よしなよ、おっ母さま」

鴇女は馬鹿な、といわんばかりに目を吊り上げた。

「今、のこのこと帰ったりしちゃあ、なんのためにお屋敷を出てきたか分からないじゃないか。そのご正室とやらにひと泡吹かせたいと思えばこそ、おっ母さまもお姫さまも寂しい山寺暮らしに耐えてきたんだろう？」

「ああ、まあ。確かにそのようなものだねえ」

正確には思い知らせたいのは正室ではなくて豊成だが、心の底で冷淡な正妻にも姫の苦しみが理解できればいいと思っていたのは事実だ。娘の険しい口調に少々面食らった綿売に、鴇女は「だったらさ」と畳みかけた。

「変な噂が流れているからといって、なにもすぐに戻る必要はないんじゃないかい。どうせ都じゃすでに、姫さまは亡くなったことになっているんだ。なら戻りが十日や半月遅れたって、何の障りがあるものか」

そう語る目は、雲母を刷いたかの如く光っている。その眼差しに気圧され、綿売はわずかな不安を抱いた。

「そもそも何のためにお屋敷を出てきたか、その目的を果たす前に逃げ帰るなんぞ、愚の骨頂だよ。あたしに任せないかい。いい思案があるんだ。そのご正室にひと泡吹かせて、ついでにお姫さまのその後の暮らしも気楽になるような手立てがさ」

「そりゃまた、どういう策だい」

薄い唇をにっと片頬に歪めた鴇女の表情は、どことなく劫を経た狐を思わせる。

だが震え声での問いかけに、鴇女はわざとらしく首を横に振った。

「いくらおっ母さまが相手でも、すぐには手の内を明かせないよ。せめて十日、いや五日でいいから、もう少しだけ青蓮寺とやらに留まっていておくれ。決して悪いようにはしないからさ」

並の相手であれば、そんな怪しげな誘いには決して乗らなかったであろう。しかし鴇女は仮にも自分の娘。ましてや、己が家を出た後、あの怠惰な父親と二人、どれだけの苦労を重ねたかと思うと、あれこれ問いただすのも気が引ける。胸にきざした暗い影を、綿売は無理やりぐいと呑み下した。

「本当にそれは、姫さまのためになるんだろうね」

「しつこいねえ。おっ母さまは自分の娘が信じられないのかい」

鴇女がきゅっと眉を寄せて、ため息をつく。その表情があまりに悲しげで、「そ、そんなことないさ」と綿売は動転して娘の手を握り締めた。

酒屋稼業ともなれば、朝な夕な水を使い続けているのだろう。再度落ち着いて触れれば、鴇女のその指先はひどく荒れているのが分かる。

およそ水仕事とは無縁のわが手と娘のその手を胸の中で比べながら、綿売は「分かったよ。お前を信じるさ」と強くうなずいた。

青蓮寺に戻ろうとする綿売を、鴇女は途中まで送ると言って譲らなかった。

「大丈夫だよ。お前、どこぞに商いに行く途中だったんだろう」

「ああ、長谷寺門前のお得意さまにお納めした酒代をいただきにね。けど、十二年……いや、十三年ぶりにおっ母さまに会えたんだ。それぐらい、後回しにしたって罰は当たらないさ」

道中、ぽつりぽつりと鴇女が語ったところによれば、彼女の嫁ぎ先は奉公人を五人も使う酒売屋。鴇女は三年前、当時奉公に出ていた桶屋で、妻を亡くしたばかりの酒屋の主に見初められ、十六歳も年上の彼の元に嫁いだのだという。

「そんなに年が離れているのかい。じゃあ、さぞかし大切にしてもらっているんだろうねえ」

女房と年の近い男の中には、女の稼ぎをあてにするろくでもない奴も稀にいる。亡き夫なぞまさにその例だったと思い返しつつ、綿売は安堵の吐息をついた。

「そうだねえ。ありがたいことに、確かに困ったことはほとんどないよ。奉公人もみんな、気のいい男たちだしね。――それよりさ」

鴇女は緑色の濃淡が重なりあった山の稜線に目をやり、ぽつりと言葉を落とした。

「ずっと、気にかかっていたことがあるんだ。あたしたちと暮らしていた最後の一月（ひとつき）ほど、おっ母さまは昼はお屋敷に詰め、夜は姫さまがお休みになってから家に戻ってきていただろう。けど待てど暮らせどおっ母さまが戻ってこないと知ったあの夜、あたしはすぐにお屋敷に駆けて行って、あたしのおっ母さまを知らないかと門番に聞いたんだ」

するとそいつは、あたしの顔も見ないままに、さあて分からんな、そういえば昼過ぎにお屋敷を出ていってそれきりのようだと言いやがってさ、と続ける鴇女の声は、老婆のそれの如くしわがれていた。

「だからてっきりおっ母さまは、お父っつぁまやあたしから逃げ出すのと同時に、お屋敷勤めも辞めちまったんだと思っていたんだよ。だけどいまだに姫さまにお仕えしているってことは、あのときの門番の言葉は大嘘だったんだね」

まっすぐ山の彼方（かなた）を見つめる鴇女の横顔から、綿売は目をもぎはなした。「悪かったよ」と肩を落とした。

「お前の考えている通りさ。あのときあたしは、お屋敷の衆に家の者が来てもどうかあたしはいないと言ってほしいと頼んだんだ」

あの頃、豊成邸の門番をしていたのは、馬犂（うますき）という名の三十男。夫も娘もいると承知の上で、綿売に事あるごとに言い寄ってきた彼は、夫と別れたいという綿売の泣き言に胸を叩いて、「誰もお屋敷には入れねえから安心しろ」と言い放った。

　もっともその後、邸内で夫婦同然に暮らすようになった馬犂は、三年ほど後、若い水仕女と関係が出来、挙句、その女とともに他の屋敷に勤め替えをしてしまった。とはいえいずれにしても、夫と鴇女を捨てたばかりか、男の好意につけ込んで我が身を守った行為が許されるはずはない。それだけに綿売はどんな罵りが飛んでくるかと、身体を固くした。しかし鴇女は喉の奥でくっと鳩が啼くに似た音を立てただけで、「まあ、しかたないよねえ」とひとりごちるように言った。

「あの頃のお父っつぁまは、飲んだくれのどうしようもない有様だったもの。小さい頃はそれでもおっ母さまを恨んだけど、この年になってみるとそれもしかたなかったんだなあと思うさ」

「鴇女――」

　綿売は身を震わせて、娘を凝視した。すると鴇女は照れたように唇の両端を吊り上げ、「思いがけず、おっ母さまに会えてよかったよ」と笑った。

「これも青蓮寺の阿弥陀さまのご加護かねえ。だからせっかく会えたおっ母さまが困っているとなれば、あたし、何かしてあげたくてしかたがないんだ。数日の間に、必ず使いをやるよ。決して悪いようにはしないから、待っていておくれ」

張りのあるその音吐が、先ほどの清水のように綿売の胸に染み通る。若葉を透かし、わずかに青みを刷いた日差しに照らされた娘の横顔を、綿売はただ見つめ続けた。


珍しく手籠に半分以上花を残して戻ってきた綿売の姿に、青蓮寺の住持は驚き顔を隠さなかった。

薬でも煎じようか、との申し出を断って、己に与えられた一間に転がり込む。籠の花を水の入った手桶に投げ入れ、綿売はへなへなと板の間に座り込んだ。

これまで綿売は姫君に隠し事をしたことがない。それにもかかわらず、姫に都の噂を聞かせずにいるなぞできるはずがない。

（よく考えれば、酒屋の女房にすぎない鴇女がご正室にひと泡吹かせられるものか。やはりここは、姫様にすべてを打ち明け、都に戻ろう）

だがそうなれば間違いなく、自分は主を唆した不埒者として暇を出される。その結果、屋敷に大切な姫君をたった一人置き去りにするかと思うと、胸が張り裂けそうに痛んだ。

しかたがない、と綿売は唇を嚙んだ。今さら都に戻るのが数日遅れたとて、大した違いはない。こうなれば鴇女に賭けてみよう。

「どうしたの、乳母。そんなに怖い顔をして」

夕餉の席で給仕する綿売の顔を覗き込み、姫君が不安げに眉を寄せる。この春で十四歳、おっとりとした気性のためか、物言いは年より少々幼いが、それでもぱっちりとした目や春霞を思わせる淡い眉は、あと一、二年後にはさぞや美しい女性に育とうと思わせた。

「いいえ、なにもございませんよ」

翌日、常の如く花売りに出ても、その売り声は弾まず、足取りも重い。そもそも自分の花売りは、すべては街道の噂を集めるため。そう思うとしおれ始めた籠の花すら疎ましく、綿売は沿道に腰かけてため息をついた。

「おい。あんた、鴇女さまのおっ母さまかい」

野太い声に呼ばれて顔を上げれば、年の頃は二十歳そこそこの髭面の男が目の前に立っている。怯え面になった綿売に、「おっと、すまねえ」と小腰を屈め、頭を下げた。

「おいら、鴇女さまの店で杜氏の見習いをしている者だけどよ。鴇女さまからこれを預かってきたんだ」

　厳つい面差しの割に、その物腰は柔らかい。差し出された麻布包みを受け取り、

「なんだい、これは」と綿売は問うた。

「さあ。これさえ渡せばおっ母さまには分かるはず、と鴇女さまは言っていたよ」

　急いで結び目を解いてみれば、中身は見覚えのある漆塗りの手筥であった。早鐘を打ち始めた胸をなだめて蓋を開けると、銀で拵えられた瀟洒な腕釧が納められている。ぐるりに鏨で蔓草を打ち出し、そこここに紅玉で花をあしらったそれは、姫君の亡き生母がかつて帝から下賜された品であった。

　なぜそれがここに、との疑念を押し殺し、綿売は男を仰いだ。

「本当にこれを、鴇女が渡せと言ったんだね」

「ああ。おっ母さまはあたしにそっくりだから間違えないよ、と笑いながらな」

　姫君の母が病没したのは、八年前。その折、正室は形見の整理を手伝うとの名目で姫君母子が暮らしていた西の対を訪れた末、「これはわたくしが預かっておきましょう」と腕釧を取り上げた。無論、姫君は泣いてそれを拒んだが、正室は薄笑いを浮かべて知らぬ顔を決め込んだのであった。

「帝からいただいた御品を、姫君が壊しては一大事。しばし、わたくしが預かりま

す」

との言い分も分からぬではないが、それは本来、乳母である綿売に任されるべき務め。結局、正室は姫君とその母が憎くてたまらず、嫌がらせを目論んだのだ。

ご正室は今頃、自らにかけられた姫君殺害の噂の払拭に躍起になっているはず。鴇女はあらゆる手を使ってそんなご正室に近付き、自分は姫君の居場所を知っていると告げたのではないか。

(そしてその見返りとして、この腕釧を譲り受けた——)

無論、鴇女が真っ正直に、姫の居場所を告げるはずがない。そうか。ご正室にひと泡吹かせようとは、これだ。鴇女は今後、幾度となくご正室を揺さぶり、金品を受け取り続ける腹なのだ。

しかしご正室からねだり取るのであれば、ただの品ではつまらない。男を手招き、綿売は声を低めた。

「確かに受け取ったよ。鴇女の元に戻ったら、今度は玉の笛を受け取るようにと言っとくれ」

姫の生母が豊成から贈られ、大事にしていた名器である。

分かった、とうなずいて帰って行った男が、錦の袋に納められた玉笛を届けに来たのは、翌々日。その二日後にはご正室が大切にしていた釵子、その次には見覚えのある錦の帯が運ばれてくるに及び、綿売はほくそ笑んだ。

鴇女がどう言を左右にしているのか知らないが、ともあれこれだけの重宝を与えながら姫君の居場所が明らかにならない事実に、正室はさぞ苛立っていよう。こうなるとあと半月やひと月、身を隠し続けても構わない気すらしてくる。

これまで受け取った品々は、いずれまとめて姫君に渡そうと、自室の小箱に納めている。自分が暇を出されると決まった折、それらの品々を突き付ければ、正室はどれだけ驚くことか。もしかしたら己がだまされた事実を糊塗せんと、綿売の懐柔にかかるかもしれない。

それだけに数日後、鴇女が青蓮寺を訪れたときも、綿売はなんの不審も抱かなかった。

「お客人じゃぞ、お乳母どの」

との住持の声に長室を出れば、長い石段の下に張輿が据えられ、かたわらに鴇女が人待ち顔にたたずんでいる。綿売の姿にぱっと顔を輝かせ、こちらに大きく手を振った。

「最近、顔を出せなくてすまなかったね。六弥太から様子は聞いていたんだけどさ」

　張輿の前に座っていたいつもの杜氏見習いが、鴇女の言葉につれて頭を下げた。

「そうかい。あれは六弥太と言うんだね」

「ああ、あたいの命令はよく聞く、可愛い奴さ。それよりさ、おっ母さま。あの御坊がさっきからこっちを睨んでいるんだけど」

　鋭い目を石段の上に走らせ、鴇女は声を低めた。その眼差しの先を追えば、珍しい客に不審を覚えているのだろう。青蓮寺の住持が箒を持ったまま、ちらちらとこちらをうかがっている。

「大丈夫でございますよ、この子はわたくしの娘でございます」

　と叫ぶ綿売に、ほおと目を見開き、ようやく本堂の方へと歩み去った。

「張輿までを伴って来たのは、理由があるんだ。ご正室が青蓮寺に姫がおいでと嗅ぎつけたらしいんだよ」

「なんだって」

「もう察しちゃいるだろうけど、この十日ほど、あたいは姫君の居場所を教えてやると言って、ご正室から色んな品をだまし取ったんだ。けどここで姫君を見つけられちゃ、つまらないじゃないか」

ついては、夫が平城山（ならやま）に別宅を構えている。姫君をそこに移しておいてはどうだろう、と言われ、綿売は大きくうなずいた。

「分かったよ。すぐに姫さまをお連れしよう」

大あわてで石段を駆け上り、綿売は姫の自室に駆け込んだ。目を丸くする姫君に

「急ぎ、御出立（ごしゅったつ）のご用意を」と口早に囁（ささや）いた。

「どこに行くの、乳母」

「ご正室さまに見つからぬ場所でございます。さあ、早く」

姫君を抱えるようにして長室を出てから、庫裏（くり）に走り入る。驚き顔の住持に、

「数日のうちに、一度、戻ってまいります」とだけ告げて、姫君を張輿に押し込んだ。

「おっ母さまもお乗りよ。少々狭いだろうけど、さして遠くじゃないからさ」

「あ、ああ。すまないねえ」

おっ母さま、という鴇女の言葉に、姫君がきょとんと目をしばたたいている。そんな姫君の隣に無理やり綿売を座らせると、鴇女は輿の扉をばたりと閉ざした。それを待っていたとばかり輿が大きく動き、小さな姫君の身体がこちらに倒れかかる。

「狭いですがご辛抱ください、姫さま」

張輿は普通、前部に御簾（みす）が垂らされるものだが、珍しくこの輿は板戸が立てられている。ならばせめて外が見えるようにとかたわらの小窓に手をかけ、綿売はえっと呟いた。どれだけ力を入れても窓が動かないのだ。

「ちょっと、鴇女。この窓は動かないのかい」

輿の外に向かって叫ぶと、一瞬の沈黙の後、「ああ、そうかもねえ」というくぐもった応えが返ってきた。

「でも、勘弁しておくれ。そう遠くまでは行かないからさ。海柘榴市からは船で初瀬川を下るから、ほんの半刻ほどの辛抱だよ」

綿売はわが耳を疑った。桜井から西に流れる初瀬川は、最後は難波（なにわ）の海に注ぎ入る川。平城山に向かうにしては、方向がまったく異なる。

「お待ち、鴇女。話が違うじゃないか。あんたの連れ合いの別邸に向かうんだったろう」

「連れ合い、連れ合いねえ。あんな野郎の別宅には、あたいは足も踏み入れたくなんぞないのさ」

妙に硬い鴇女の声に、背中がぞっと粟立つ。思わず姫君の身体を強く抱き寄せたとき、「ねえ、おっ母さん」と鴇女の歌うような声が続いた。

「六弥太には話したんだけどさ。あたいとおっ母さんは本当にそっくりだと思わないかい」

「ど、どういう意味だい」

「だって、この間、自分で言ったじゃないか。おっ母さんはお屋敷の男といい仲になって、それで飲んだくれの親父さまを捨てたんだろ。だったらあたいのことも、悪く言えっこないよねえ」

　なんだって、という呻きが喉に引っ掛かる。すがりついてくる姫君の手に、いっそう力が籠(こも)った。

「あたいもさ、父親ほど年の違う男の後添えなんぞ、嫌になっちまったのさ。おっ母さんなら、そんな気持ちも分かってくれるだろう？」

　甘えるような六弥太の口調が、耳底に甦(よみがえ)る。まさか、と喉の奥が小さく鳴った。

「けど、どこで誰と暮らすにしろ、先立つものが要るじゃないか。だからあたい、これまでに蒙(こうむ)った迷惑をおっ母さんに返してもらうことにしたのさ。お屋敷のご正室さまはさ、おっ母さん。あたいが姫君の居場所を知っていると話したら、だったらいっそこのまま帰ってこないようにしておくれと仰ったよ」

「なんだって」

「悪いねえ。あんたよりもあたいの方が腹が据わっていたし、あたいよりもご正室さまの方が更に上手だったたってわけさ」

綿売は堅く閉め切られた板戸に飛びついた。だが外から鎹でも打ちつけているのか、どれだけ叩いても板戸は開かず、代わりにくくという鴇女の笑いがその隙間から忍び入るばかりである。

「どうせ、お屋敷が嫌で飛び出された姫君だ。どこに行こうとも、それが本望でらしたんだろ」

難波には畿内屈指の湊である難波津がある。西国からの諸物資が集められ、時には奴婢や遊び女の売り買いまで行われると仄聞する場所だ。

「と、鴇女」

綿売の呻きに合わせたように、哄笑が起きる。

これは、夫と娘を捨てた罰なのか。しかしだとすれば、そこに何の咎もない大臣の娘までが巻き込まれるのはなぜだ。

「ねえ、おっ母さん。仕返しってのは、当人だけに返してもつまらないよねえ。それにおっ母さんは姫君を口実にしてあたいたちを捨てたんだから、いわばそこの姫君だって、あたいには立派な敵ってわけさ」

乳母、と怯え声を上げる姫君の身体を、綿売は強く抱きしめた。その身体から漂う微かな薫香が、鴇女と巡り合った日に嗅いだ花の匂いを思い出させる。年よりも小柄な姫君の身体を、かつて置き去りにした娘のそれのように感じながら、綿売は震える手に強く力を込めた。

秋の扇——班女（はんじょ）

幼い頃から自分の短気は分かっていた。しかしそれにしても、今回ばかりはまずかった。

「ああ、もう畜生。なんて暑いんだい」

頭上から照り付ける日は明るく、右手で眩しく光る鳰の海（琵琶湖）からの風は、身体が干からびてしまいそうな熱を孕んでいる。

花子はよろよろと街道の脇に寄り、額ににじんだ汗を、袖で乱暴に拭った。

都へと続く近江路は旅人や荷車で賑わい、巻き上げられた白砂が口の中でじゃりじゃりと音を立てる。

――もうこうなったら出て行ってやるよッ。もともとあたしは、とっくに年季は終えていた身。店へのご恩返しと思って、勤めを続けていただけなんだッ。

三日前、美濃国（現在の岐阜県南部）野上の宿を飛び出したときの己の罵声が、耳の底に甦る。畜生、と呟いたのは、短慮を働いた己だけに向けられたものではない。

「ああ、出て行っとくれ、花子。あんたみたいな性悪の遊女を置いておけるほど、うちの宿は裕福じゃないんだからね」

　でっぷり太った宿のおかみの罵りにかっとなり、ほとんど着の身着のままで住み慣れた宿を飛び出したのは三日前。これまでさんざん花子を働かせ続けてきた宿のおかみにも、悶着の原因を作った吉田の少将とやらにも、花子は激しい腹立ちを覚えていた。

　野上宿は、都から信濃（現在の長野県）を経て陸奥（福島県・宮城県・岩手県・青森県・秋田県の一部）へ至る東山道の宿場。不破の関や美濃国府にも程近く、多くの人々が行き交う繁華な町である。

　二十三歳の花子は、遊女としては少々年を食っている。しかしその美貌は美濃国内でも指折りと評判で、旅人の中にはわざわざ野上に宿り、花子に会いにくる男も珍しくない。

　昨春、美濃への旅の途中に立ち寄った、吉田の少将なる公卿もその一人。従僕を六人も連れた羽振りのよさに、宿のおかみは露骨に揉み手して、花子を彼の待つ部屋へ押し込んだ。

「いいかい、しっかりやるんだよ。従者に酒をやって聞き出したところじゃ、少将さまは都じゃそれと知られた分限者。うまくいけばご贔屓(ひいき)にしてもらえるかもしれないからね」

　だがいざ座敷に進み出て、花子は内心がっかりした。その風情ある名前とは裏腹に、そこで盃を重ねていたのは、うだつの上がらぬひょろりとした中年だったからだ。

（ちぇっ、こんな野郎に贔屓にしてもらってもつまらないねえ）

　こうなればせめてむしり取れるだけ取ってやろうと、気を入れて相手をしたのがよかったのだろう。吉田の少将はそれから三日も宿に居続けた。最後には、「秋になる前に、必ずまた来る。それまではこの扇をわしと思って、大事にしてくれ」と、月に秋草を描いた一本の扇を花子に与え、名残惜しげに野上を発った。

「秋までに、ねえ」

　客との口約束など、百の内九十九までが反故(ほご)にされる。それだけに花子はどうせ吉田の少将もその一人だと思い、残された言葉を気にも留めなかった。

　そんなある日、不破の関近くで道が崩れ、街道が幾日にも亘(わた)って塞がれる騒動が起きた。野上には足止めを食らった客があふれ、退屈をした客たちが宿に押し寄せた。このため、花子は朝から晩まで客を取らされ、ろくろく寝る暇もない日々を送る羽目となった。

「あのおかみめ。こんなに客を取らせなくたってよかろうに」

一日に五、六人もの相手をさせられるせいで、下腹は重く、足元も覚束ない。それでも空いた暇を見て部屋に戻って化粧を整えていると、鏡台の前に投げ出されていた吉田の少将の扇が肘に触れ、音を立てて床に落ちた。

（そうだ――）

扇を拾い上げ、花子はにんまりと笑った。敷きっ放しになっている床にもぐりこむと、頭まで夜着を引っ張り上げる。

いつまで経っても支度を終えぬ花子を急かしにきたおかみに、「あたいが会いたいのは、あんなお客じゃなくって少将さまなんだ。あのお方じゃなくっちゃ、あたいは勤めになんて出たくないよッ」と、喚いた。

「なんだって。ふざけるんじゃないよ、花子」

激怒したおかみは花子を部屋から引きずり出し、無理やり客の前に連れて行った。しかしそれからというもの、花子は暇さえあれば吉田の少将が置いていった扇を広げ、

「秋までには来ると言ったのに――」

と、来ぬ人を待つ芝居を続けた。

「せめてもう一度、少将さまにお目にかかれたら、あたしはもう死んでもいいのに」

来ぬ人を待ち、形見の扇を手にさめざめと泣く花子の姿は、あっという間に美濃じゅうの評判となった。

遊女のまことと晦日の月はないとの言葉通り、世間ではとかく遊び女とは不実なものとされる。それだけに男たちは純真を装った花子を珍しがり、せめて一目その姿を見ようと、野上の宿に殺到した。

とはいえ店のおかみからすれば、いい客寄せにこそなれ、一向に客を取らぬ遊女など飼っていてもしかたがない。

「いい加減におし、花子。あんたの下手な芝居ぐらい、あたしはちゃんとお見通しだよ」

とはいえわずかな間にすっかり怠け癖がついた花子は、そう叱り付けられてもなかなか真面目に働く気を取り戻さなかった。

そうでなくとも年増となり、客足も減りつつあった花子をもてあましていたのだろう。ある日、店のおかみは花子を呼び付けるなり、「働く気がないんだったらさっさと出てお行きッ」と険しい声を浴びせたのであった。

（畜生――）

自分がいささか図に乗っていたのは否めない。とはいえ十二歳から客を取り始め、かれこれ十年余り。その間、花子を思う存分こき使いながらこの仕打ちとは、まったく冷淡にもほどがある。

長い勤めで蓄えた銭はかろうじて持ち出せたものの、自前の衣や調度はすべて宿に置いていけと命じられた。唯一、銭以外に持って出られた品は、吉田の少将が置いていった例の扇だけだ。

まったく忌々(いまいま)しい。どうせ行くあてのない身の上だ。こうなれば都に行き、少将の屋敷を探し当ててやろう。あんたのおかげで野上を追い出されたと泣き崩れれば、銭の一貫や二貫、出てくるかもしれない。

だがそう思い定めて都に着いた花子は、まず洛中洛外の殷賑(いんしん)に目を見張った。

広い大路はどこまでもまっすぐで、その幅と来たら野上の宿がすっぽり二、三軒入ってしまいそうなほど広い。白々と続く築地塀(ついじべい)、その果てにそびえ立つ巨大な宮城。そして祭りでもあるのかと疑うほどの人出に、美濃国内より他を知らぬ花子は呆然とした。

しかも忙しげに行き来する人を呼びとめ、吉田の少将の屋敷を尋ねても、

「さて、吉田の少将さまねえ。少将さまってのは、都に幾人もおいでだからなあ」

と、その返事はいずれも心もとない。

「年の頃は四十手前の、ひらべったい顔をしたお方だよ。一年前、用事があって、都から美濃に出かけられたんだ」

言い募る花子に、天秤棒を担いだ物売りは呆れたように苦笑した。

「そんなこと言ったって、だいたい少将さまなんてお方は、おいらたちからすれば雲の上のお人だからなあ。顔かたちなんて言われても、分かりゃしねえよ」

「なんだって」

花子は驚いた。宿の遊女として生きてきた花子は、これまで東国に下る国司さまや国分寺のお偉い僧侶にすら添い臥しをしてきた。それがこの広大な都では、どうやらとんでもないことらしいと気付いたのである。

「それはそうと、おめえ、どこの田舎から来たんだ。行くところはあるのか」

旅塵にまみれてはいるものの、花子の小袖の紋様は華美で、およそ堅気の女の身ごしらえには見えない。物売りが好色そうに目尻を下げるのに、「ふん、あたいはお安くないよッ」と吐き捨てて、花子は踵を返した。

「ふん、なにを言いやがる。所詮は遊び女じゃねえか」

背後で物売りが喚いている。それに聞こえぬふりで大路を歩きながらも、花子の胸の中は急にこみ上げてきた不安でいっぱいだった。

吉田の少将だけを頼りに、都に来た。その邸宅が見つからなければ、自分はいったいどうすればいいのだ。

聞いたところによれば、都の南西には江口（えぐち）・神崎（かんざき）という港があり、大勢の遊び女が客の袖を引くという。しかたがない。今日一日、少将の住まいを探して見つからなければ、その江口・神崎に移り、そこで再び遊女として客を取ろう。せっかく野上を離れ、遊び女暮らしともおさらばだと思ったが、背に腹は代えられない。

ふと覗き込んだ路地にはびっしりと露店が立ち並び、甘い匂いを上げる粥（かゆ）や串焼きにされた魚が売られている。

そうと決まれば、まずは腹ごしらえだ。胴に堅く結わえ付けた腹帯の間から取り出した銭をひい、ふう、みい、と数えながら、花子が粥売りに歩み寄った、その時である。

「花子。そこにいるのは、花子じゃないかい」

高い声とともに、誰かが花子の肩を摑（つか）んだ。

こんなところに、知り合いがいるはずがない。訝（いぶか）しく思いながら振り返り、花子は目を見開いた。

「真貴女。あんた、真貴女かい」

「そうだよ。あんたと同じ宿で働いていた、真貴女さ。久しぶりだねえ、花子。こんなところでいったいどうしたんだい」

「それはこっちの台詞だよ。真貴女こそ、あんた、西国のどこぞの郡司さまに身請けされたんじゃなかったかい」

真貴女は花子より三歳年上。決して美貌ではないが、愛嬌のある丸顔と機転の速さが喜ばれ、野上の宿ではおかみにも随分重宝がられていた遊女である。

四年前、真貴女はたまたま野上に泊まった老郡司に気に入られ、大枚と引き換えに西国に去った。それがなぜ、こんな都の雑踏にいるのだ。

「ああ、そろそろ二年も昔になるんだけどさ。あたしを身請けしてくれた旦那さまが、ぽっくりおっ死んじまってね。郡司職を継いだ息子に屋敷を追い出され、流れ流れて都に来たのさ」

「なんだって。そりゃ真貴女、大変だったねえ」

真貴女を身請けした郡司は、あの当時ですでに七十を越えた老齢だった。それが孫にも等しい若い遊女を連れて来たことに、息子はさぞ苦々しく思っていたのだろう。

「あれほど甲斐甲斐しく尽くしたのに、すずめの涙ほどの手当ても出なかったんだよ」

と毒づき、真貴女は埃まみれの花子をじろじろと眺めた。

もしかしたら、そのわずかな手当てを元手に商いでもしているのかもしれない。ぴったりと襟を重ね、髪を背で一つに結わえた真貴女の姿は、色の濃い菖蒲の花の如く凜々しかった。

「あたしの身の上なんぞ、どうでもいいよ。それより花子、あんたこそなんで都にいるんだい。その風体を見るに、物見遊山や身請けされての都上りとは思えないけどさ」

頭のいい真貴女は、野上の宿では遊女たちの姉貴分だった。彼女の身請けが決まったときは、みなその新たな門出を喜びながらも、頼もしい彼女が去ることに涙を隠せなかったものだ。

昔と変わらぬ真貴女の歯切れのいい言葉に、双の目に涙がにじむ。

「真貴女――」

「ああ、もう、ちょっと。泣くんじゃないよ。いったい何があったのか、話してごらん」

女にしてはひんやりとした真貴女の手が、肩を抱く。その懐かしい感触に安堵を覚えながら、花子は盛大に洟をすすり上げた。

さめざめと泣く花子に閉口したのだろう。真貴女は花子の肩を抱くや、足早に大路を歩き始めた。

女にしてはしっかり肉のついた肩に顔を埋めている間に連れて行かれたのは、柴垣に囲まれた瀟洒な一軒家であった。広くはないが手入れが行き届き、門口には鮮やかな緋色の萩がなだれを打って群れ咲いている。

「さあ、上がりな。遠慮は要らないよ」

「あ、ありがとう、真貴女」

足を濯がれ、涼しい風の吹き通る一間に導かれると、ようやく人心地がついてきた。花子は涙を拭って、「実は――」と野上の宿を叩き出された顚末を語った。

何年も会っていなかったとはいえ、かつては勤めの怠け方から床のあしらいまで教わった姉遊女だ。吉田の少将なる旅人との一部始終、その形見の扇を使って芝居を打ったことまで包み隠さずに語ると、「なるほどねえ」と真貴女は大きな息をついた。

「あのおかみは、近隣にも知られた強欲だったからね。あんたが勤めに嫌気が差したのも、よく分かるよ」

「その通りだよ、真貴女」

宿を叩き出されて以来の憤懣と不安が一度に堰を切り、花子は勢い込んだ。

「それにしても腹立たしいのは、あの吉田の少将って野郎だよ。あたいだって勤めは長いんだ。男の言葉があてにならないってことは、そりゃよく知っているけどさ」

花子は両目を吊り上げて、床を叩いた。

「秋になる前に来るって約束したんだったら、文の一本ぐらい寄越したっていいじゃないか。それをまあ、こんな安物の扇一本置いていったきりでお見限りなんだからね」

宿を追い出されたのが自分のせいであることぐらい、花子とて分かっている。しかしそれでも誰かに八つ当たりをせずにはいられず、声が自ずと昂った。

「なるほどねえ。それであんた、わざわざ都まで来て、その吉田の少将さまとやらに恨みを言おうとしたわけか。それで、お屋敷は見つかったかい」

「いいや、それがまったくさ。これじゃあどうにもならないから、実は少将さまを訪ねるのは諦め、江口や神崎にでも行って遊女稼業をするかと思っていたんだ。その矢先、こうして真貴女に会ったってわけさ」

「なんだって。また遊女になろうって考えていたのかい」

真貴女は形のよい目を大きく見張った。

「馬鹿をお言いじゃないよ。せっかく淫売稼業から、やっと逃げられたんじゃないか」

「だけど――」

老郡司に先立たれたとはいえ、真貴女はおそらくそれ相当の蓄えがあるのだろう。そうでなければ都のただなかに家を構え、こんなに小ざっぱりとした身形をしてはいられまい。

それに比べれば、花子は着の身着のままで宿を叩き出された身。新たな生計の手段を得るためには、もはやぐずぐずしてはいられぬのだ。

「あんたとあたしは、一緒に野上の宿で苦労した仲だ。しばらくはうちの家にお泊まりな。そしてその間に、一つ、銭を稼ぐとしようじゃないか」

自信たっぷりな真貴女の物言いに、花子は首をひねった。

金を稼ぐと言っても、花子は色を売るより他、なんの芸も持っていない。それともやはり真貴女は都で小商いでもしており、そこで花子を働かせてくれるつもりなのか。

「あんたの話を聞いている間に、いい手立てを思いついたんだよ。その少将さまが下さったって扇は、今も持っているんだろうね」

花子は戸惑いながらうなずいた。懐に入れていた朱骨の扇を取り出し、真貴女に手渡した。

真貴女はそれを丁寧に開くと、両面をためつすがめつした。やがて、「よし、じゃあ、これでその吉田の少将さまを招くとしよう」とうなずき、優雅な手つきでそれを花子の膝先に投げた。

「待っとくれよ。あたいの話をちゃんと聞いていたのかい。その少将さまのお屋敷が分からないから、あたいは困っていたんだよ」

「馬鹿だねえ。なにもあんたが汗水垂らして、都じゅう探し回らなくてもいいじゃないか。あちらの方から、花子を訪ねて来ていただくんだよ」

えっと声を上げた花子を見やり、真貴女は濃い紅をさした唇を歪めた。

「あんた、この都にいったい何人の人間が暮らしているか、知っているかい」

「さあ――」

「五万人だとよ、五万人。いや、もしかしたら諸国からの旅人や本貫地（ほんがんち）から逃げて来た奴（やつ）らを含めたら、その数はもっと多いかもしれないねえ」

五万、と花子は呟いた。野上の宿は美濃国の中では大きな宿場町だったが、それでもそこに暮らしていた老若男女合わせても、二百人もいなかったはずだ。改めて都の途方もない賑わいに、花子は呆然とした。そんなに人の多い都では、ほとんど特徴のない吉田の少将とすれ違っても、お互いそれと気付かないのでは、という気すらしてきた。

「ただ、それほど人が集まって暮らしているせいだろうねえ。ここじゃほんの小さな噂が、どうかすればあっという間に都じゅうに広まるのさ」

そうでなくとも、都の衆は物見高い。やれどこに霊験あらたかな社（やしろ）があると聞けば飛んで行き、どこに絶世の美女がいると噂になれば、一日に何百人という男たちが見物に来る、と真貴女は続けた。

「いいかい、花子。あんた、明日から人目につく辻に立ち、その扇を持って、物狂おしげな顔をしておいで」

「どういうことだい、真貴女」

「まだ分からないのかい。野上じゃ、その形見の扇を広げて来ぬ人を待っていたあんたを一目見ようと、美濃じゅうから客が押し寄せたんだろう。同じことを都でやろうって言っているんだよ」

田舎である美濃国ですら、相当の話題となったのだ。この繁華な都で同じことをすれば、さぞかし人目につくだろう。そうすれば噂が噂を呼び、いずれは吉田の少将の耳にも届くはず。なにも足を棒にして少将の住まいを探さずとも、あちらからお迎えが来ようというものだ、と真貴女は薄く笑って言った。

「なるほど、さすがは真貴女だね。それで少将さまが来てくれるかもなんて、あたい、皆目、思いつかなかったよ」

「昔、唐の国のお妃さまは、寵愛を失った我が身を秋の扇にたとえて詩を作り、それで時の詩人たちから絶賛されたらしいよ。男に捨てられてもただ仕方ないと思っているだけじゃ、何にもならないってわけだねえ」

やっぱり真貴女は自分とはまったく違う。その頭の良さに感嘆の息をつき、花子は膝先の扇をつくづくと眺め下ろした。

「ただ、都の衆は目が肥えているからね。今のあんたみたいな薄汚れた小袖姿じゃ、誰も振り返っちゃくれないよ。こういうことは、身形が大切なんだ。来ぬ人を待つ遊女が美しければ美しいだけ、その物思いの姿が人の心を打つんだよ」

ちょっと待ってなと言い置いて、真貴女は立ち上がった。隣の間で何やらごそごそやっていたかと思うと、「それ、これを使いな」と繡の小袖と帯を花子の目の前に投げ出した。

絹地に花鳥柄を縫い取った小袖はずっしりと重く、清冽な水の如くひんやりとしている。これほど高等の小袖は、野上の宿にいた頃ですら手を通したことがない。いったい真貴女は都で何をしているのだろう、と花子は遅まきながら不審を抱いた。

「いいのかい、こんな高そうな小袖を借りて」

「ああ、あたしにはもう柄が派手だからね。けど大勢の人の目を惹きつけるには、それぐらい華やかな方がよかろうよ」

翌朝、日が上ると、真貴女はいそいそと花子に小袖を着せ、真新しい履物を取り出した。洗ったばかりの髪に櫛を通し、「よし」とその背を叩いた。

「色々考えたんだけどね、とりあえずはあんた、糺ノ森に行くといいよ。なにせあそこは貴賤を問わず、年中、大勢の参拝者が訪れる下鴨社のご神域だ。傀儡や田楽法師なぞも、都でまず銭を稼ごうと思えば、糺ノ森に行くのさ」

都の東北にあるという下鴨社のことは、田舎者の花子とて知っている。北の上賀茂社と南の下鴨社の二社で合わせて賀茂社と呼ばれ、古くより都の鎮守の社として、天皇家からも厚い崇敬を受けている霊験あらたかな神社と聞く。

「あたしも後から駆け付けるからさ。とりあえずは紀ノ森に行って、物狂おしげに道行く人を眺めてみな。扇を取り出してため息をついたり、人目を惹くように舞を一さし舞ったりするのもいいかもしれないね」

言われるがままに下鴨社に赴けば、なるほど深い木立に囲まれた参道は参詣の人々で溢れ、水売りや瓜売り、または投げ銭をあてこんだ手玉使いなどがそここに店を広げている。

公卿の子女であろうか。美しい牛車がぎいぎいと軋みを立て、秋風の吹く参道を過ぎて行った。

花子は懐に入れた扇を握りしめた。強く唇を引き結び、それを胸の前でゆっくりと開いた。

賑やかな参道のただなかに立てば、物も言わず、ただよしありげに扇を見つめるばかりの花子の姿は、どこかうら寂しい。それがかえって人目についたのだろう。わざとらしく眉根を寄せ、憂いを湛えて扇を弄んだり、ため息をついていると、やがて沿道の人々がちらちらとこちらを眺めているのが、目の隅に入り始めた。

「なんだい、あの女。さっき、参拝に行くときもああやって扇を眺めていたけど、帰り道になっても同じことをしているぜ」

商人だろうか。萎烏帽子を頭に載せた中年の男が、不思議そうな顔をする。その途端、界隈の人混みの中から、「なんだ、あんた。知らないのかい」という女の声がした。いつの間にやってきたのか、わざと地味な身ごしらえに装った真貴女であった。

「あの女は、もとは美濃の遊女。愛しい男を追って都まで来たらしいよ」

へえ、という感嘆のどよめきが、そこここから起きた。

「手にしている扇は、男が秋までには必ず戻ってくると言って、形見として置いていった品なんだと。だけどどうしても男は戻って来ず、ついには怒った宿の主に叩き出されて、都にたどり着いたらしいよ。その恋しい男に、操を守り通そうとしたんだろうねえ」

「そりゃあ、可哀想な話だね。あんな可愛い女を放っておくとは、ひどい話じゃないか」

腹立たしげな相槌は、真貴女の隣にいた初老の女のものだ。本当に、とうなずく野次馬たちを見回し、老女は「それでその男ってのは、都の奴なのかい」と真貴女に尋ねた。

「ああ、吉田の少将さまっていうお方らしいよ」

「吉田の少将さまか。なにせ都には少将さまが大勢おられるからねえ」

「遊女の勤めを忘れてもなお、恋しいお方に会いたいと思い、はるばる美濃からやって来たんだ。叶うことなら、会わせてやりたいもんだねえ」

そうだ、そうだ、という声が、ほうぼうで巻き起こる。花子は相変わらず俯いて扇を見つめたまま、胸の中でにんまりと笑った。

なにもわざわざ吉田の少将が来てくれずとも、愛しい男を追って都まで来た遊女という評判だけで、客を集められそうな気すらし始めていた。

五日、十日と日が経つにつれ、つれない恋人を探して都にやって来た美しい遊女の評判は、都じゅうに広まっていった。

「おお、あれがその花子とやらか。なるほど、はるばる美濃から男を慕って来ただけあり、なんとも楚々とした風情の女子じゃのう」

「あの手にしている扇が、男が渡した形見の品らしいよ。誰がどれだけ言っても、あれだけは決して人に触れさせようとしないんだと。秋の扇と捨てられた女、どちらも哀れなもの同士だねえ」

　あまりに早い噂の広がりから察するに、おそらくは真貴女が金を使って、辻々で噂を吹聴させたのだろう。おかげで花子が下鴨社の参道に立つと、見物の人々がわらわらと寄り集まり、その一挙手一投足に目を注ぐ。

　中には「可哀想に。きっと会えるから、気を落とすんじゃないよ」と紙に包んだ銭を花子に握らせる女や、つれない男のことは忘れてわしと一緒になれと言い寄る男まで出る様に、花子はすっかり有頂天になった。

（これはこれで、悪くないじゃないか）

　見物の者たちは、花子が興に乗ったふりで舞を舞えば、やんやの歓声とともに銭を投げてくれる。雨の日や風の日は下鴨に行かずとも文句は言われないし、かえってその次の日は「よかった、今日はいたよ」と嬉しげに笑いかけてくれる。その気楽さは、野上の宿にいた頃とは皆目比べものにならなかった。

　一方で真貴女は伝手をたどって、吉田の少将の屋敷を探してくれているらしい。しかし真貴女には悪いが、こんな楽をして稼ぎを得られるのならば、なにもあの男になぞ巡り合わずとも構わない。いやむしろ、あんなひょろりとうだつの上がらない男一人に囲われるよりも、この下鴨で人々の喝采を浴びながら舞を舞っていたほうが、はるかに気楽で楽しいではないか。

　そうこうしている間に秋は深まり、糺ノ森の木々は染め上げたように鮮やかな朱や黄色に色づいた。

　都人からすれば、一人の男を恋い慕い、来る日も来る日も同じ場所に立ち続ける純真さがよほど珍しいのだろう。花子見物に訪れる人々は引きも切らず、むしろその人垣は日ごとに厚みを増している。

（とはいえさすがに雪が降り始めたら、こんな稼ぎもできないよねえ）

　野上は雪の深い里だったがこの京はどうだろうなどと考えながら、花子がいつもと同じく、参道の一角にたたずんでいたときである。

「花子。おぬしは本当に花子か」

　人垣の後ろで、聞き覚えのある声が響いた。周囲の人々がぱっと二手に分かれたかと思うと、背の高い従僕を従えた直衣（のうし）姿の中年男がその向こうからこちらを見つめている。野上の宿で扇を交わした、吉田の少将であった。

「しょ、少将さま――」

　もう現れなくてもいいとすら思っていただけに、花子はぎょっと目を見開いた。それがかえって、男との再会に狼狽（ろうばい）する女らしく映ったのだろう。野次馬たちが一斉に歓声を上げた。

「本当に――本当に少将さまなのですか」

五万もの人がひしめくこの京で、本当に少将の耳に自分の噂が届くとは。しかも風評に知らぬ顔をせず、わざわざ下鴨まで自分を訪ねて来たとは、もしや彼は彼なりにこちらの身を案じていたのではないか。

そう思い至った途端、己でも思いがけぬほどの喜びが胸の底からこみ上げてくる。そうだ。今までこれほどに自分を真剣に求めてくれた者が、果たしていただろうか。

花子は扇を握りしめ、吉田の少将に駆け寄った。

「少将さま、花子を忘れずにいて下さったのですか」

「おお、そうだ。待たせたな、花子」

少将の声までが震えているのは、久方ぶりの再会に感極まっているためか。目頭が火照(ほて)り、鼻の奥がつんとする。花子は扇を静かに開くと、少将に差し出した。

「覚えておられますか。少将さまがご自分の形見にと下さった扇です。花子はこれさえあれば必ずや再びお会いできると信じていました」

「わ、わしもだぞ、花子」

少将の腕がひどくぎこちなく、花子の肩に伸ばされる。薄っぺらいその胸に頬を寄せながら薄目を開ければ、人垣の端に真貴女の姿がある。花子の眼差しに気付いたのか、にやりと唇を片頰に引き、毒のある笑みを浮かべた。

（承知しているよ、真貴女）

噂を聞き、わざわざ自分を迎えに来たのだ。吉田の少将が花子を屋敷に引き取り、もしそれが無理としてもどこぞに瀟洒な一軒家でも買い与えてくれることは間違いない。

秋の扇の女の噂を思いついたのは、他ならぬ真貴女だ。その甲斐あって再会が叶った以上、真貴女にもそれなりの礼はせねば。

少将さま、という呼ばわりに目を上げれば、従僕が少将に耳打ちをしている。年は三十前後か、引き締まった体軀がいかにも精悍そうな男であった。

「う、うむ。分かっておる」

従僕にうなずくと、少将はちらりと四囲を見回して声を低めた。

「よいか、花子。わしはぜひおぬしを我が屋敷に迎えたいと思うておる。ついては今日の夕刻、もう一度、この場所で会おう。それまでにおぬしを妻とする用意を整えておくゆえ、身の周りのものをすべてまとめて、ここに来てくれ」

「は、はい」

花子の紅潮した顔に、それが吉報と察したのだろう。急いで立ち去る少将主従を待たず、野次馬たちが再び喝采した。

「よかった。よかったねえ、花子」

「本当だよ。嫌なことばかりのこの世にも、こんないい話があるんだねえ」

その日その日を懸命に生きる庶人たちは、美しくも卑しい身の上の花子と身分のある恋人の再会が、我がことの如く嬉しいのだろう。中には目を真っ赤にしてすすり上げる中年の女までいる。

「本当だよ、幸せにおなりよ」

だが立ち去る人々から口々にかけられる祝福の言葉は、ほとんど花子の耳に届いてはいなかった。吉田の少将が自分を妻にしてくれる。思い描いていた以上の幸福に、空にも上るような心地であった。

花子、と呼ばれて振り返れば、真貴女が相変わらず薄笑いを浮かべている。花子はその側(そば)に駆け寄り、真貴女の両手を力いっぱい握りしめた。

「ありがとよ、真貴女。あんたのおかげだよ」

「礼はいいよ。それより、さっさと帰って身支度をしなよ。夕刻なんてあっという間だよ」

本当だ、と飛び上がり、花子は慌てて踵を返したが、着るものも食べるものも真
貴女の世話になっていただけに、これといった荷なぞありはしない。都に来た日に
身に着けていた小袖に着替え、腰にあの扇を差すと、花子は再び糺ノ森へと戻った。
いつしか秋の日は山の端に沈み、糺ノ森は昼間の喧騒が嘘のように静まり返って
いる。森の奥からぎぎ、と聞こえてきた鈍い軋みは、神社の大門が閉ざされた音だ
ろう。
そういえばこの半月あまり、ほぼ毎日、この地に通っていたが、日没に立ち会う
のは初めてである。森の奥から吹いてきた湿っぽい秋の風が、襟元を撫でる。ひた
ひたと忍び寄る宵闇の暗さに、花子はぶるっと身震いした。
「花子か」
との声に振り返れば、先ほど吉田の少将に従っていた従僕がたたずんでいる。
なんだ、少将さまは来ないのか、と花子は落胆した。あれほど再会を喜んでいた
のに、従者を迎えに寄越すとはなんということだ。
「そうだよ。さあ、少将さまのところに連れて行っておくれ」
いらだちを音吐ににじませ、花子はつんと顎を上げた。そんな花子に「分かっ
た」とうなずき、従僕は降り積もった落ち葉を踏みしめて歩き出した。

松明一つ用意していないらしく、刻々と濃くなる闇に男の姿が溶け込んでゆく。花子は急いでその後を追った。

「ちょっと、あんた。足が速すぎるよ。待っておくれ」

花子の抗議にも無言のまま、従僕は黙々と森を奥へと向かった。

東の空に月が上り、一筋の月光が森に差す。その明かりに促されたように、「――まったく」と呟いて、男が足を止めた。

「下賤の身で少将さまに取り入ろうとするなぞ、身の程知らずにもほどがあるぞ」

「なんだって」

耳を疑った花子の視界に、男が腰に帯びていた刀を抜き放ったのが映った。白く輝くその刃にとっさに悲鳴を上げて飛びしさり、花子は「何するんだい」と喚いた。

「あ、あたしは少将さまの思い人だよ。それを手にかけようっていうのかい」

「その少将さまのために、お前には死んでもらわねばならんのだッ」

言うなり、男が刀を振り下ろす。間一髪、横に転がってそれを避けると、花子は後ろも見ずに駆け出した。

「ええい、待てッ」

月影のせいで、森の中は明るい。花子は深く木の茂った場所を選んで足を急がせた。先程までの浮かれた気分はとうに消し飛び、ただひたすら森から出ることだけが頭の中を占めていた。

「花子ッ、こっちだよッ」

不意に真貴女の声がした。こっちだ、早くッ、との叫びを頼りに駆ければ、月光の砕ける小川の傍(かたわ)らにすらりとした影がある。

「真貴女ッ」

「ついさっき、知り合いが教えてくれたんだ。あの吉田の少将ってのは、婿入り先の女房に尻に敷かれたとんだ恐妻家だそうだよッ。あんたのことが女房に知れちゃ困るって、口封じに殺しちまうつもりに違いないよ」

早口にまくし立てながら、真貴女は懐から小さな錦の包みを取り出した。それを花子の手に握らせ、「少しだけど、銭だよ。持っておゆき」と続けた。

「こんなことになっちまったのは、あたしのせいでもあるんだ。さあ、お逃げ。あいつに捕まるんじゃないよッ」

「で、でも、逃げるってどっちへ行けば」

「この川を下れば、すぐに森の出口だよッ」

あ、ありがとよッ、と喚いて、花子は後ろも見ずに川岸を駆けた。それでいて懐に放り込んだ包みを落とさぬよう、胸元を押さえることは忘れなかった。

——太刀を抜き放った男が、血走った目で四囲を見回している。

真貴女は小走りにそちらに近付くと、「ちょっと。花子を逃がしちまったんでございますかい」と、蓮っ葉に言い放った。

その途端、従僕が不機嫌そうに口を引き結び、ああ、と首肯する。そんな彼を呆れ顔で眺め、真貴女は顎で小川を指した。

「あの子は京に暗うございますからね。おそらく森から逃げることだけを考えて、川沿いを下ったんじゃないですかねえ」

「——詳しいな。おぬし」

「これでもあの子の姉貴分ですからね。あの子の考えなんぞ、お見通しですのさ」

真貴女の言葉に、従僕は鼻を鳴らした。

「何が姉貴分だ。少将さまの名を触れ回っている遊女がいると告げ、褒美の銭をねだり取ったのはおぬしではないか。——まあ、いい。とにかく今は、あいつを片付けるのが先だ」

そう吐き捨て、男はぬかるんだ河岸を下流に向かって駆けだした。

その背を見送り、真貴女はふと足元を見下ろした。逃げるときに花子が落としたのだろう。秋草を描いたあの扇が、秋枯れた草の上に落ちている。

「ふうん。これはあたしがあの子の形見に、いただいておこうかね。どうせ斬られて死ぬときまで、あの包みの中身がただの石ころだとは気付くまい。化けて出るなら、あたしじゃなくって、少将さまのところだろうしねえ」

月はいよいよ高く上り、澄んだ光を四囲に振りこぼしている。

森のそこここに茂る秋草が月光に照らされ、小さな葉の表を光らせるその様は、花子が落とした扇の絵図にひどくよく似ていた。

照日(てるひ)の鏡――葵上(あおいのうえ)

わたくしが照日ノ前さまのもとに雇い入れられたのは、十歳の秋でございました。湖を渡る風が肌を切る、それはそれは寒い日であったと覚えております。

照日ノ前さまは今日も都じゅうに名の通った、験顕らかなる巫女さま。ですがわたくしがそのお方の元に参ったのは、別に修行なぞではありませぬ。

そなたさまの如くお若い方は、ご存じないやもしれませんが、今からちょうど六十年前の壬戌は、春の終わりからひどく寒い雨が降り続いた年でございましてな。わたくしの里である近江国（現在の滋賀県）小野でも、稲はまだ皐月も過ぎぬうちに立ち枯れ、秋の訪れを待たずそこここの家々が食い詰める羽目となりました。

ですが幼馴染の娘たちが次々と売り飛ばされる中、わたくしだけが秋の終わりまで家に留まることが出来たのは、別に両親が娘可愛さの余り、わたくしを手放さなんだわけではありませぬ。

買い手がなかったのでございますよ。その理由は、こうしてご覧になられてもお分かりでございましょう。上を向いた鼻、出っ歯の口、浅黒い肌……人並みのご面相であればともかく、まだ言葉も分からぬ幼き頃より、化け物だの醜女だのと呼ばれ続けたわたくしでございます。長じた後の醜さまでもが容易に想像できよう童女を、すき好んで買おうとする者はおりますまい。そして実際、ほうぼうの村を跳梁しておった人買いどもも、わたくしを一目見るなり、これは売れぬと我が父母に面と向かって申したのでございます。

されど田を這いつくばって生きるしかない庶人にとっては、唯一、金目のものといえば娘程度。それだけにわたくしの物代で来年の籾を買う算段をしていた父母は困り果て、火の気のない家の中から秋枯れた野面を眺め、ただただ重い息をついておりました。

そんな最中でございます。照日ノ前さまが突然、我が家にお越しになられたのは。

ええ、その折の有様は、忘れようとしても忘れられませぬ。豪奢な手輿をしずしずと運んできた駕輿丁の揃いの絹の衣も、そこここから飛び出してきた村の者たちの驚き顔も。

四方を綺羅で飾り立てた輿は、あっという間に集まった野次馬たちにはお構いなしに、我が家の前に止まりました。そして晩秋にもかかわらず、素肌に汗衫、素足に足駄をつっかけた奇妙なお姿のまま三和土にずいと踏み入ってきた一人の女性が、

「そなたが久利女とやらじゃな」と口早に仰せられたのでございます。

「わらわは都の五条大宮に住まいする、照日と申す巫女じゃ。この郷に世にも醜い娘がおると聞き、ぜひ買い受けたいと都より参った」

「照日ノ前さまでございますと」

戸口に詰め掛けて家内をうかがっていた村の衆が、どよめきました。ですがそんな野次馬や板間で膝立ちになった父母には目もくれず、照日ノ前さまはただわたくしだけを見つめておられました。

御年はあの当時ですでに、五十の坂を越えてらっしゃったでしょう。されどぎらぎらと輝く双眸といい、ぷっくりとした唇といい、そのお姿はまだ三十そこそこにしか映りませんでした。瞬きをまったくなさらない白目は青みがかかり、くっきりと差された紅の濃い色と相まって、美しい鱗を輝かせる蛇を思わせました。

どれ、という声とともに、照日ノ前さまは足駄を脱ぎ捨て、ずかずかと板間に上がって来られました。あまりの恐ろしさに身動きもならぬわたくしの頬を片手でぐいと摑むや、「――気に入った」と嘆息まじりに仰せられました。

「確かにこれは、醜女じゃ。これほど愛らしさの欠片もない童女を、わらわは初めて見たわ」

満足気に一、二度うなずかれ、照日ノ前さまは光り輝くものを懐からじゃらりと引きずり出されました。それが氷の粒を連ねたが如き水晶の数珠だと気付いた村の衆が、またしてもどよめきました。

「この娘、これなる数珠一具でもらい受けるぞよ。これまで幾度も売り飛ばそうとしては買い手が付かなんだ娘と聞いておる。否はなかろう」

「は、はい」

父母が気圧された顔で首肯するのを待たず、照日ノ前さまはわたくしの襟首をまるで犬ころを引きずるように摑まれました。村の衆がぱっと戸口から四散するのに唇を歪め、そのままわたくしを外の輿に押し込まれました。

「ちょ、ちょっと、どこにあたしを連れて行くの」

太り肉の身体をどすんと輿に押し込みながら、照日ノ前さまは悲鳴を上げるわたくしを一瞥なさりました。軽く鼻を鳴らし、どこからともなく取り出した蝙蝠でぱたぱたと襟元を扇ぎ立てられました。

「黙れ。おぬしの身は、この照日が買い受けた。あの数珠は、東宮さまより直々にいただいた唐渡りの名品でな。まともな商人の手に渡れば、絹二十疋、いや三十疋もの値がつこう。おぬしの如き醜女の物代には、過分な品じゃ」

なにせ当時のわたくしは、近江の田舎のただの野良娘でございました。それだけに照日ノ前さまの堂々たるたたずまいや、そのお名前に父母や村の衆が怯え切った顔をしたことがただただ恐ろしく、輿の手摺にしがみついてぼろぼろと涙をこぼし始めてしまいました。

するとさすがに照日ノ前さまは表情をやわらげ、「怯えることはないぞよ」とわたくしの肩に手を置かれました。

「わらわはそなたに、勤めの手伝いをしてほしいのじゃ。有体に言えば、わらわの生業には目鼻立ちの整った者は要らぬ。ただ余人から嘲られ、醜いと謗られ続けるような者だけが、必要なのじゃ」

お言葉の意味は、まったく理解できませんでした。ただそれでも父母の来年の籾の算段がついたのだとようやく悟り、わたくしは拳で涙を拭いました。

「おお、おお。芯の強い娘じゃ。これは先が楽しみじゃのう」

照日ノ前さまがほくほくと笑う間に輿は逢坂山を越え、やがて繁華な都大路に差しかかりました。これまで二、三度、物売りに出かける村の衆に従って市に来ていただけに、その賑わいにはさして驚きはいたしません。ですがそれでもさすがに、輿が五条大路に面した壮麗なお屋敷に吸い込まれていったときには、思わず腰を浮かせて四囲を見回しました。

　珠(たま)を連ねたに似た美しい瓦(かわら)、白く輝く庭砂……村中の家々がぽっかり収まりそうな広大な敷地に、幾棟もの堂宇が果てもなく立ち並んでいます。そのうちの一棟から駆け出してきた人々が、「お帰りなさい、照日ノ前さま」「お早いお戻りでございました」と口々に言って、輿を取り巻きました。

「ああ、いま戻ったわい。この娘が、今日からわらわの見習いになる。屋敷のあれこれをよおく教えておやり」

「はい、かしこまりました」

　数人の女房がわたくしを輿から引きずり降ろし、庭に面した一間(ひとま)に連れてゆきます。夏も冬も一枚きりの布子を無理やり脱がされながら、わたくしは身をすくめました。

「い、いったい、ここはどこなの」

　すると女房衆は驚きを顔に浮かべ、「これは驚いた。なにも知らずに照日ノ前さまに従ってきたのかい」と言い立てました。

「どこの田舎娘かは知らないけど、照日さまのお名前だけは聞いたことがあるだろう。ここは左大臣さまのご信任厚く、内々に宮城へのお出入りも許されているその巫女さまのご邸宅さ」

それでもなおきょとんと目をしばたたいたわたくしに呆れたのでしょう。女房たちは、なんとまああとため息をつきました。

「本当に何にも知らないんだね。照日ノ前さまは元は、宇治の古社にお仕えしていた巫女さまでね。かれこれ十五年ほど前、まだ引入の大臣と呼ばれていらした左大臣さまのご栄達をぴたりと言い当てられ、今じゃ都じゅうの上つ方の中でそのご託宣を受けない方はいないほどのお方だよ」

照日ノ前さまがこれまで言い当てたのは、当今さまのご寵愛厚かった更衣のご逝去に始まり、現在、左大臣の娘婿である中将の官歴、諸国の天候や旱魃の有無など数え切れないとうかがうに従い、激しく動悸を打っていたわたくしの胸の裡は、わずかに凪いでまいりました。

あの傲岸な挙措も物言いも、そううかがえば得心が出来ます。そもそも巫女とは諸神のご託宣を聞き、それを人に伝えるのが勤め。ならば世の人々とは異なり、わたくしの如き醜い娘をお手元に置こうとなさるのも、何らかの理由がおありなのだと思い至りました。

「さあ、出来た。照日ノ前さまは気短なお方だ。お待たせするんじゃないよ」

さらさらと肌触りのよい絹の衣を着せると、女房たちはわたくしを照日ノ前さまの御前に連れて行きました。昼というのに四方の蔀戸を締め切った一間には、眩いばかりに燭台が並べられ、そのちょうど真ん中に美々しい小袿が一枚、まるで何者かに打ちかけるかのように広げられておりました。

その傍らに胡坐をかかれた照日ノ前さまは、大ぶりの弓を膝に置き、片手でその弦をしきりに弾いておいででした。雲母を貼り付けたが如く光る眸を上げ、「来たか、醜女」とにやりと笑われました。

「この家の生業は、すでに聞いたであろう。これよりおぬしには、わらわの梓の法の手伝いをしてもらうでな」

梓の法、と呟いたわたくしに、照日ノ前さまはうなずかれました。

「そうじゃ。わらわの法力はな、すべてこの梓弓より発しておる。世の栄枯盛衰、人の浮沈、誰が誰を怨み、呪詛をかけんとしているかまで、みな弦の音が教えてくれるわい」

緩く張られた弓の弦は、照日ノ前さまが弾くたびに、びいんと締まりのない音を発しております。およそそれが様々な託宣の源とは思えず、わたくしは返す言葉に詰まりました。すると照日ノ前さまは相変わらず瞬きのない目を細め、「いずれ分かる」とまた弦を弾かれました。

「実は半月ほど前より、左大臣さまの娘御が病みついておられる。御名を葵上さまと仰せられ、一度は東宮さまの妃にと目されていたほどに尊きお方でな。父大臣さまのお計らいで当今さまの第二皇子、今は臣下として源中将と呼ばれておいでのお方に添われ、この秋のはじめに男児をお産みになった。されどその直後より、なにやら生霊に祟られておいでと見えるのじゃ」

左大臣さまも東宮さまも、これまでの暮らしではお名前すらうかがうこともなかった雲の上のお方です。あまりのことに言葉も出ぬわたくしにはお構いなしに、

「明日は」と照日ノ前さまは続けられました。

「おぬしを連れて、葵上さまの元に伺候いたすぞ。世の中には、おぬしの如き醜い女子にしかできぬことがあるでのう」

去れ、とばかり片手を振り、照日ノ前さまはまた大きく弦を弾かれました。

腹の底に響く弦の音が、輝くばかりに美しいお屋敷や、東宮さまや左大臣さまという雲上人の上に、重苦しい雲を運んでくるかに見えました。えらいところに連れて来られてしまった、という恐ろしさが改めて胸にこみ上げ、わたくしはいつの間にかからからに乾いていた喉をごくりと動かしました。

翌朝、暗いうちに女房たちに叩き起こされ、わたくしは井戸端に連れて行かれました。否を言う暇もなくまたも衣を剝ぎ取られると、今度は頭から水をぶっかけられました。

すでに長月も半ばだけに、井戸の水は肌に痛いほどに冷たく、あっという間に手足は血の色を浮かべて真っ赤に染まります。

見れば、傍らの殿舎の簀子には照日ノ前さまが座り、全身からぼたぼたと水を滴らせるわたくしを面白げに眺めてらっしゃいました。

「手足の隅々まで、よく浄めよ。上つ方は醜いものがお好きな癖に、ひどく潔癖でもいらっしゃるでな」

藁縄を結んで拵えた束子で痛いほど身体を磨かれた末に与えられたのは、紅の袴に袿と単……ざんばらに伸びた髪を幾度も梳かれ、どうにか体裁を整えたわたくしを引きずるように、照日ノ前さまは昨日と同じ手輿に乗り込まれました。

その頃になると、ようやく明るみ始めた空が東山の稜線を黒々と際立たせ、気の早い鶏が路地の奥で啼いております。手輿は次第に人の増え始めた大路をまっすぐ進み、やがて一軒の豪華なお屋敷の前で止まりました。

「開門じゃ。照日ノ前さまがお運びじゃぞ」

輿舁き(こしか)の一人の叫びに、家司(けいし)と思しき数人が転がるように飛び出してきました。そんな彼らを、照日ノ前さまは輿の中からじろりと見渡されました。

「姫君のご加減はいかがじゃ」

「はい。昨夜も夜通し苦しげに呻(うめ)かれ、明け方近くになって、ようやくお休みになられました」

やがて輿が舁き据えられたのは、遣水(やりみず)と渡殿(わたどの)に挟まれた狭い庭でございました。中年の女房が、「こちらへ」と照日ノ前さまを促すのに、わたくしは急いでその後に従おうとしました。

しかし慣れぬ袴と袿は重く、歩くことすら容易ではありません。あまりに気が急いたためでしょう。袴の裾を踏んでつんのめったわたくしを、先を行く女房が嘲りを含んだ目で顧(かえり)みます。あまりの恥ずかしさに頬を赤らめたとき、「誰ッ。そこにいるのは」という女の絶叫が辺りに響き渡りました。

卑賤(ひせん)の身の哀しさです。わたくしは思わず、身をすくめました。しかし声の主はそれにはお構いなしに、「昨夜もわたしを苦しめながら、なおも恨み言を述べんというのですか。源中将の北の方たるわたしが、それほどに憎いのですか」と恐怖に強張(こわば)った口調でまくし立てました。

ついで何かがぶつかる鈍い音、盥の水をぶちまけるに似た水音が続きます。

「なにをするのッ。誰か、誰かッ」

「ひ、姫さまッ」

ただごとならぬ気配に走り出した女房を、照日ノ前さまが追いかけます。衣の重さなぞ頓着している場合ではないと、わたくしは袴の裾を両手でたくし上げてその後を追いました。

渡殿の奥は広い対の屋になっており、顔を蒼白に変えた女房たちが庇の間で身を寄せ合っています。照日ノ前さまは彼女たちを押しのけ、母屋に続く遣戸を力いっぱい開け放たれました。その刹那、耳をつんざくが如き悲鳴が四囲に響き渡りました。

「く、苦しいッ。その手を、その手を放しなさい」

先ほどの女房が母屋に飛び込もうとするのを、照日ノ前さまが「入ってはならぬッ」と喚いて押しとどめられました。

「この母屋には今、生霊の禍々しき気が満ちておる。法力を持たぬ者が踏み入れば、たちどころに命を失おう」

言うが早いか、照日ノ前さまは敷居際にどっかと胡坐をかかれました。荷っておられた梓弓を胸の前に構えたかと思うと、その弦をおもむろに鳴らし始められました。

「天清浄、地清浄、内外清浄、六根清浄——」

女房たちが一斉に手を合わせ、腹の底に響く照日ノ前さまの祝詞に声を合わせます。わたくしは遣戸を塞ぐように座った照日ノ前さまの肩越しに、母屋の内を覗き込みました。

屋内には紺色の軟障が一面に巡らされ、その向こうに御帳台が置かれているのが、まるで深い水を隔てたかの如くうっすらと望まれました。ぎゃあああッという喉も張り裂けんばかりの咆吼とともに、帳台に臥した華奢な人影が獣のようにのたうち回りました。真っ白な手が震えながら几帳の裾を摑み、台ごとそれを引き倒します。

その途端、照日ノ前さまは不意に梓弓を小脇に手挟まれました。きええェッと化鳥そっくりの気合とともに弓を振り回し、御帳台で暴れる人影に末弭をまっすぐ据えられました。

するとどうしたことでしょう。あれほど荒れ狂っていた人影がぱたりと身動きを止め、白い手が倒れた帷の裾から覗いたまま、動かなくなったではありませんか。

「もうよいぞ」

照日ノ前さまの呟きに、女房たちがどっと母屋に駆け込みました。「姫さま、お気を確かに」との声とともに御帳台から運び出されたのは、長い髪を汗ばんだ額に張り付かせた一人の若い女性でした。

青白い瞼を強く閉ざし、唇の端には泡をこびりつかせているものの、その面差しは白梅を思わせるほどに嫋やかでした。

このお方がきっと、源中将さまとやらの北の方でしょう。それにしてもこれほどお美しいお人を苦しめるとは、なんとおぞましい生霊でございましょうか。

「姫、姫は無事か」

野太い喚きとともに簀子に足音が立ち、恰幅のよい初老の男が眉を吊り上げて駆け込んで来られました。介抱を受ける姫君に目を据え、ああと呻かれました。

「まったく、我が娘はどうなってしもうたのじゃ。照日ノ前、おぬしの勧めに従って五色の幣を四方に立て、注連を巡らしたにもかかわらず、何の験もないではないか」

なるほど言われて改めて眺めれば、軟障の上部には真新しい注連が張られ、庭先から吹き込む風にはたはたと揺れております。

しかしながら左大臣さまと思しき御仁の叱責に、照日ノ前さまは悪びれる風もなく額の汗を拭われました。

「しかたがありませぬ。それほど、生霊の怨みの念が強うございますのじゃ」

「なんじゃと。それほどに我が娘は強く呪われておるというのか」

「おお。されど、わしも天下に名の通った照日ノ巫女じゃ。このまま生霊の好きにはさせませぬ」

照日ノ前さまはそう仰るなり、わたくしの二の腕をぐいと摑んで引き寄せられました。

「今日は、吉野の山中で二年の山ごもりを果たした憑坐を連れてまいりました。さすがの生霊も、この憑坐を前にすれば自ずと憑き、己の素性を白状するに違いありません」

「おお、それはありがたい。されどこれほどに醜い娘が、本当に選りすぐりの憑坐なのか」

照日ノ前さまのお言葉に仰天する間もあらばこそ、大臣さまはつくづくとわたくしの顔を覗かれました。ですがすぐに興味を失ったご様子で、「まあ、いい。おぬしがそう申すなら、間違いなかろう」と首肯なさいました。

「では早速今宵、梓の法にかけましょう」

「あ、いや。それは困る。今宵は婿である源中将どのが、こちらにお運びになられるのだ」

大臣さまはいささか狼狽して、照日ノ前さまのお言葉を遮られました。

「姫の今までの口走りから推すに、生霊の正体は婿どのに思いをかけておる女らしい。されば婿どのがここにおられる限りは、生霊も滅多な真似をすまい。梓の法は、明晩にせよ」

その途端、照日ノ前さまはひどくあっさりと、「さようでございましたか」と、わたくしの腕を放されました。これまでの強引さが嘘のようなそっけなさでございました。

「なるほど、確かにそれであれば、今宵は生霊も現れますまい。では今日は中将さまがお運びになられるまで、姫さまのお側に控えましょう」

「おお、そうしてくれるか。それにしてもこれほどに姫を苦しめるとは、いったいどこの女子であろうな」

左大臣さまが吐き捨てて踵を返される間に、女房たちは屋内を綺麗に浄め、再び姫君を御帳台に横たえました。

照日ノ前さまはわたくしを連れて母屋に踏み入ると、軽く片手を振って、女房たちを下がらせました。遣戸を閉ざし、御帳台に近付くや、「ご気分はいかがでございます」と姫君に話しかけられました。

姫君の瞼が小さく震えて開き、微かな声が薄い唇から漏れました。

「ありがとう、照日ノ前。今日はずいぶんいいわ」

近くで眺めれば、その肌は青白く乾き、目の下にははっきりとした隈が浮いてらっしゃいます。よほど長い間生霊に苦しめられておいでなのだ、とわたくしの胸は詰まりました。

「先ほど、誰かに首を絞められたわ。あれを追い払ってくれたのは、照日ノ前だったのね」

「さようでございます。相変わらず、しつこい生霊でございますわい。ところで本日は、憑坐を連れてまいりました。明日、梓の法を用い、ここにあの生霊を降ろしますでな」

そう、と気のない口振りで仰ってから、姫さまは再び瞼を閉ざされました。

「今は疲れているの。少し眠るわ」

よほど疲弊しておられるのか、その瞼がすっと翳ったかと思うと、すうすうという静かな寝息を立てて、姫君は眠りに落ちられました。

照日ノ前さまはしばらくの間、その横顔を見つめてらっしゃいましたが、やがて御帳台から離れて軟障の際にどっかと座り込み、弓を膝に置いて目を閉ざされました。

まるでわたくしなぞ眼中にないかのようなそのお振る舞いに、わたくしは困惑しました。ですがだからといって、一人立ち去ることは叶いません。しかたなく、身を縮こまらせるようにして照日ノ前さまの傍らに座りましたが、それから一刻……いえ、二刻ほどが経った頃でしょうか。不意に外が騒がしくなったかと思うと、遣戸が外からがらりと開きました。

「姫さま。中将さまがお越しでございますよ」

先ほど、わたくしたちを案内してきた女房の呼びかけに、姫さまは「なんですって」と臥所から起き直られました。

「まだ宵には間はあれど、宮城からの戻り道、先に姫さまのお顔を見たいと仰せになり、わざわざ牛車をこちらに回されたのでございます。さあ、早くお召し替えを」

女房がそう告げる間にも、母屋には衣箱や櫛笥が次々と運び込まれてまいります。あっという間に香が焚かれ、御簾が掻き上げられる騒ぎに、わたくしは身の置きどころがない気分で腰を浮かせました。するとそれまで寸分たりとも身動きをなさらなかった照日ノ前さまがかっと目を見開かれ、「帰るぞ」と仰いました。

「は、はい」

渡殿に向から照日ノ前さまの後を小走りに追えば、庭を挟んだ車寄せに豪奢な半蔀車が寄せられています。折しもそこから一人の貴公子が降り立ち、出迎えられた左大臣さまと親しげに話しておられるところでした。

「あれが姫さまの婿どのじゃ。実に姿かたちの秀でたお方じゃろう」

手輿に乗り込みざま、照日ノ前さまがふんと鼻を鳴らされました。

「まだ十五、六歳の若君の頃より、ほうぼうの姫君がたと浮名を流されたまめ男でいらしてな。この家の婿となられた後も、先の東宮のお妃やら町方の女子やらと次々親しくなさり、ずいぶんと大臣さまを悩ませておいでとか」

「それは……姫さまも大変でございますね」

わたくしの小声の相槌に、照日ノ前さまはおおとうなずかれました。

「人間、美しければ不便が多いものじゃ。人はな、醜い方が楽でよい。美しい者は否応なしに諍いに巻き込まれるが、醜い者は心さえ強く持っておれば、それを傍から眺めていられるでなあ」

不可解な照日ノ前さまのお言葉に、わたくしは応えに詰まりました。そうしながらも胸裏には、まるで作物の花の如く美しい中将さまのお姿が強く焼き付いて離れず、我知らず赤くなった頬をわたくしは両手で押さえました。

この日以来、わたくしは事あるごとに照日ノ前さまに連れ出され、様々な上つ方のお屋敷に伺候するようになりました。洛中のみならず、宇治や嵯峨……大きな声では申せませぬが、お名を口にするのも憚られる尊きお方にお目通りしたこともございます。

いずれの場でも照日ノ前さまはわたくしを、長きに亘る修行を積んだ憑坐じゃと説明なさいました。さりとてそれで、何かを手伝えと命じられたことはありませぬ。

「おぬしはただ、眺めていればよい。そのうち自ずと、自らの為すべき行いに気付こう」

との仰せに、わたくしは戸惑いながらも、ただうなずくしかございませんでした。

照日ノ前さまを召される方々はみな、邪神悪鬼に苦しめられ、心穏やかならぬ日々を過ごしているお方ばかりです。あの左大臣さまの姫君の如く、いずれも目の下に濃い隈を張り、目に見えぬ物の怪に怯えて暮らしておられました。

照日ノ前さまはそれらの方々の前で梓弓を鳴らし、祈禱を行い、そして幾ばくかの謝礼を受け取って帰られます。

「おぬしがおらねば、今夜もわしは物の怪に苦しめられる。どうか今夜は夜通し、番をしていてくれ」

とすがりつかれ、夜じゅう、隣の塗籠（ぬりごめ）にわたくしとともに籠（こも）られる折もございました。

貧家に育ったわたくしからすれば、食い物にも住むところにも困らぬ上つ方が、子どもの如く怯え、頭を抱えて衾（ふすま）に潜り込むそのお姿は、滑稽にも奇妙にも映りました。思えば今夜の菜も来年の籾もない暮らしに喘（あえ）いでいる父や母が、物の怪に怯えたことは一度もございません。いえ、実の父母ばかりか、あの貧しい村のいったい誰が、目に見えぬ妖異を恐れておりましたでしょう。それよりもなお村の者たちが恐怖していたのは、稲の実りを妨げる冷たい雨であり、春の田起こしの邪魔をする深い雪でございました。

そう顧みると、照日ノ前さまが「ただ眺めておれ」と仰った心持ちも分かる気がいたします。きっとあやかしというものは、身分のある御仁のみを好んで襲うのでございましょう。わたくしがその発見に改めて、己と都の上つ方とはかほどに違うものか、と考えるようになったある日の夕刻でございます。

「照日、照日はおるかッ」

照日ノ前さまのお屋敷に突如、一両の網代車が駆け込んでまいりました。まろげるように飛び出して来た人影が、車寄せで大声を張り上げられました。

烏帽子は傾き、額に大粒の汗を滲ませたそのお姿に、わたくしはえっと声を上げました。

何ということでございましょう。それは見まごうことなく、あの葵上さまの父君であらせられる左大臣さままでいらしたのです。

「姫が苦しんでおるッ。早う助けてくれッ」

左大臣さまほどのお方が自ら牛車を仕立てて巫女を呼びに来られるなぞ、そうそうあるものではございません。よほど姫君の具合が優れぬのだと悟られたのか、照日ノ前さまは「おう。承知いたしましたぞ」と応じられるや、秋にもかかわらず汗衫一枚を羽織ったなりのお姿で、梓弓を引っ摑んで左大臣さまのお車に乗り込まれました。

あわててその後に続いたわたくしが床に腰を下ろす暇もなく、牛飼が黒毛の大牛の尻を笞打ちます。

輻の軋む凄まじい音……車の中で前後左右に揺られながら、照日ノ前さまは左大

臣さまに、

「それで、具合が悪くなられたのはいつからでございますのじゃ」

と問いかけられました。

「つい、一刻ほど前からじゃ。おぬしが前回、祈禱を行ってくれてからというもの、心なしか顔色もよく、健やかかと見えておったゆえ、梓の法にかけてもらうのもそれきりとなっておったのじゃが。不意に天井の一角を睨(にら)んで、女がいるッと叫び出してな」

「女、女でございますか。確かにこの間わらわが伺った際にも、何者かがおると仰せでございましたな」

照日ノ前さまの呟きに、左大臣さまは険しく眉を寄せて、幾度も大きくうなずかれました。

「あからさまには申せぬがな。わしは婿殿がほうぼうで浮名を流されているその報いが、娘の元にやってきているのではと思うておる」

「ほう、それはどういう意味でございます」

「おぬしとて存じていよう。なにせ娘の婿殿は、都には知らぬ者のおらぬ光る源氏の君……。あれほどの美貌とお血筋の御仁を夫に持ち、子まで成しておる我が姫じや。源氏の君に懸想(けそう)している女子が生霊となって襲いかかってまいったとて、なんの不思議もなかろう」

いつしか左大臣さまの肩はぶるぶると震え出しておられます。そしてそれは、照日ノ前さまが「なるほど。それは十分に有り得る話でございますなあ」と目を光らせられるにつれ、更に激しくなられました。

「実はかように感じておるのは、なにもわし一人ではない。当の源氏の君もまた、薄々同じ推量をなさっておられるのじゃろう。今夜は内裏(だいり)に宿直(とのい)でおられたが、役目を代わって下さる御仁を見つけ次第、我が家に駆けつけて来られるそうじゃ。娘を苦しめている生霊が源氏の君と懇意の女子であれば、必ずや思うお人の姿に恐れおののき、我が家から立ち去るに違いないでな」

そうこうする間にも、牛車は道行く人を撥ね飛ばさんばかりの勢いで大路を駆け、左大臣家にたどり着きました。早く、早くッと急かす女房たちに先導されて、いつぞやと同じ寝間に飛び込めば、すでにあの源氏の君さまが暴れ回る葵上さまの手を握り、「しっかり、気をしっかり持つのだ」と姫君を励ましておられます。

わたくしの如き下賤の身であればともかく、仮にも帝(みかど)のご子息ともあろうお方が、女君のご寝所にずけずけと入られることはまずございません。それだけにわたくしは姫さまに対する源氏の君のご真情に心を打たれて立ちすくみました。ですがその一方で当の姫君はと言えば、せっかくの背の君のお言葉も耳に入らぬ形相で、

「苦しいッ。片手でわたくしの首を絞め、片手でわが背子を奪おうとしている貴女(あなた)は――貴女はいったい誰ッ」

と髪を振り乱して叫び続けておられます。

「源氏の君、そこをおどきくだされッ」

照日ノ前さまは寸分の遠慮もなく、源氏の君の身体を押しやられました。そして姫さまのお手を両手でひしと取られ、「姫さま、照日が参りましたぞッ」とがらがら声で叫ばれました。

わたくしはその刹那、なぜ照日ノ前さまはすぐさま梓の法をかけ、姫君をお救いせぬのだろうと思いました。ですが照日ノ前さまは梓弓を膝脇に置かれたまま、

「もうご案じなさいますな。照日が姫君をお助け申しますぞ」と再度大喝なさってから、ようやく弓を手に取られました。

「照日――」

腹の底に響く鈍い弓の音に誘われたかのように、それまで苦しんでおられた姫君がひたと照日ノ前さまに目を当てられました。もだえていた手足がゆるやかに動き

を止め、吐息に紛れるほど小さな声が血の気のない唇からこぼれました。

「あ――ああ、ありがとう。これで楽に、ようやく楽に――」

そのお言葉とは裏腹に、姫さまのお体は突如、激しく痙攣を始めました。双眸が白目を剝き、唇からだらだらと涎が流れ出しました。

「あ、葵上ッ」

「姫、気を確かにッ」

源氏の君さまと左大臣さまが、左右から姫君を抱きすくめんとなさいました。ですがそのときにはすでに姫君のお体は、操り棒を失った傀儡の如くだらりと力を失い、ぽっかりと開いた双眸が覗き込む男君二人の姿を映し出すばかりとなっておりました。

照日ノ前さまは姫君の枕辺に這いより、その瞼をゆっくりと閉ざして差し上げられました。そして大きく一つ息をつき、天井を仰がれました。

「……相済みませぬ。生霊の怨念が、わが法を上回っておりましたわい」

「わ、わたしのせいかッ」

照日ノ前さまの呟きをかき消して、源氏の君さまが吼えられました。

「許せ、許してくれ、葵上。わたしの妻となったばっかりに、恐ろしい生霊に命を奪われることになろうとは」

　左大臣さまは強く唇を引き結んで、そんな源氏の君を凝視しておられます。その横顔には早くも、娘を死に追いやる原因となった婿殿への怒りが浮かび始めていました。

「わたしの、わたしの北の方はこれから先も葵上、おぬし一人だ。これから先どんな女子に会おうとも、それだけは請け合うぞッ」

「……帰るぞ」

　わたくしの肩を小突いて、照日ノ前さまが立ち上がられます。簀子にぎっしりと居並んだ女房衆のすすり泣きを背に、足早に車寄せに向かわれました。

　不思議なことに、網代車に乗り込んだ照日ノ前さまの横顔は、およそ調伏に失敗したとは思えぬほどに落ちつき払っておいででした。まさか、という思いが胸にこみ上げ、わたくしは膝の上で両手を握りしめました。

　わたくしは生まれてこの方、生霊なぞ見たことはありません。父母とて、それは同じでございましょう。そして照日ノ前さまはいつも生霊をその目でご覧になられているかのように振る舞われますが、その一方でただの田舎娘であるわたくしのことを、稀代の憑坐じゃと人にはお話しになられます。

もしや――もしや生霊などというものは、本当はこの世におらぬのではないでしょうか。そして照日ノ前さまは何もかも承知の上で、生霊がいると思いたい人の心に寄り添っておられるのでは。

先ほどの姫さまの最期のお姿が、ふと脳裏をよぎりました。照日ノ前さまに手を取られ、安堵のお言葉を漏らしたあのお方は、もしや生霊ではなく治ることのない病に身をさいなまれておいでだったのでは。ですがただ自らが亡くなっては、世に名高いまめ男の源氏の君は、きっとすぐに姫君のことを忘れてしまわれましょう。だから何年、何十年経っても消えぬ思い出を背の君に与え、死後もなおそのお心を捕えるべく、ありもしない生霊をでっち上げ……そして照日ノ前さまはそんな姫君の思いを百も承知でいらしたのでは。

上つ君とは醜いものがお好きじゃ、と照日ノ前さまは仰せられました。醜い者は心さえ強く持っていれば、諍いに巻き込まれずに済む、とも。

綺羅をまとい、美しく装われた上つ君たちは、そのご真意を醜い生霊に託さねば、華やかな御殿に暮らせぬのでしょう。だとすれば生霊なぞ信じず、地を這い回って生きねばならぬわが父や母とあの左大臣の姫君と、いったいどちらが幸せなのでしょうか。

「為すべき行いが分かったか」

照日ノ前さまのお言葉が、がらがらという車の音とともにわたくしの耳を打ちました。

そうです。わたくしは醜うございます。だからこそ、美しく装わねば生きてゆけぬ上つ君の醜い心が分かるはず、と照日ノ前さまはお考えだったのです。

はい、とわたくしはうなずきました。

そうか、と唇だけで応じた照日ノ前さまがようやく、梓弓の弦に手を伸ばされました。低く響くその弦音が、源氏の君のお心とともに彼岸(ひがん)に渡ろうとなさる姫君に手向(たむ)けられたかの如く、わたくしには思われました。

解説

蟬谷めぐ実

数多の賞を受賞し、新刊を出すたびに雑誌や新聞で紹介がされる歴史時代小説家、澤田瞳子という作家を知って、あなたは今、書店に足を踏み入れたこととする。書棚に目をやれば、澤田瞳子の作品は目立つところにずらりと並べられているはずだ。あなたは背表紙を見ながら、ふうむと腕を組む。

『星落ちて、なお』。これは第百六十五回直木賞を受賞した小説であるから面白いこと請け合いだ。『孤鷹の天』は、なるほどデビュー作でありながら第十七回中山義秀文学賞も受賞した作品。偉大な作家の萌芽を感じることができるに違いない。背表紙まで色鮮やかな『若冲』は第九回親鸞賞を受賞して、当時の若冲人気を牽引したのではなかったか。

ここであなたは『稚児桜』を目にする。副題は『能楽ものがたり』。能か、とあなたは小さくつぶやく。高尚で日常からかけ離れた伝統芸能。この本はそんな能の知識がないと読めないものなのだろうか。それなら、手を出すのは後回しにした方がいいかもしれない。なにせ、能は教科書の中でしかお目にかかったことがないし、日本史のテストの出来は散々だった……。だが、この文庫解説を読んでいるあなたはこの本を手に取った。読み終えて、英断であったとあなたは自分を褒め称えているに違いない。

能を下敷きにしつつも、独自の世界で描かれている人間模様の濃密さにほうっと感嘆の息を漏らしていることだろう。

本書は八作からなる短編集で、それぞれに能の原曲が記されている。だが、この能の原曲はあくまで器、骨組みでしかなく、中に詰められているものは、復讐心、欺瞞、嫉妬といった質感のある人間の業である。

能では当たり前に登場する幽霊、草木の精、妖怪といった存在が一切登場せず、あくまで人間の物語として描かれている。だからこそ、能の原曲と同様に霊験あらたかなもののおかげでめでたしめでたしハッピーエンド、では終わらない。

たとえば、一話目の「やま巡り」。原曲の「山姥」は、都から来た遊女、百万山姥の前に突如本物の山姥が現れ、曲舞(くせまい)を一節謡ってほしいと訴えてくる。それを了承した百万山姥の曲舞にあわせて、山姥は仏法の摂理を説きながら舞を舞う。だが本作では、舞を舞うのは百万の方だ。百万が見習いの児鶴を連れての善光寺参りの道中、上路の山辺りで出会った老婆に一夜の宿を借りることになる。その礼に百万は老婆に山姥の曲舞を披露しようとするが、これこそ百万が都を出立した理由であり、そこにはこの時代だからこそ起こり得た愛憎が絡まっている。

表題作でもある「稚児桜」の原曲は「花月」。九州筑紫の国のこと、七歳の息子を天狗に攫われ、嘆きのあまり父親は出家し、諸国修行の旅に出る。京の清水寺に立ち寄った際、門前の男から曲舞が大層上手い花月という名前の少年の噂を聞き、花月の曲舞を目にした父親は、この少年こそ攫われた我が息子だと気づくのだ。ここで喜びの父子対面となる能の如くにはいかないのが、本作だ。著者は天狗の存在も、遊芸に堪能な少年と弓を引いて遊ぶ友達の存在も許してはくれない。

花月は父親に売り飛ばされた清水寺の稚児である。昼は僧の身の回りの雑用をこなし、夜は閨の相手を務めるが、花月はその容色の美しさを武器に、寺内でしたたかに生きている。ある日、一人の男が寺を訪ね来て、それが花月の父親であると判明するが、寺男の藤内、寺に来て一年足らずの稚児の百合若が関わってくることで、父親の性根が浮き彫りにされるのだ。それを知った花月の選択は逞しくも遣る瀬なさがあり、胸がぎゅうと引き絞られる。

古来、神への捧げ物に芸能は不可欠の存在で、勿論、能もその内に入る。能は聖なるものなのだ。

だが、その聖なるものを下敷きにしているからこそ、俗とも言える人間の内面を抉り出す筆者の手がてらてらと光って見える。

いや、そもそもの話、能は高尚なもの、聖なるものとして、日常からかけ離してしまって良いものか。

能は中国大陸から渡来した散楽に寸劇の要素が加えられ、歌舞的な芸能とも結びつき、室町時代、今から六百年ほど前には、今の能・狂言に近い原型が成立したと言われている。名だたる大名諸侯や公家からの庇護を受けたが、中でも豊臣秀吉の耽溺ぶりには目を見張る。

誰もが知る朝鮮攻めでは、戦場に能舞台を仮設し連日能を楽しんだ。それどころか自分で舞台に立ちもするし、自分の手柄話を能に仕立てあげ「豊公能（ほうこう）」なんていう新作能も作ってしまう。一番好んだのは「源氏供養」で、紫式部が『源氏物語』の供養をしなかったために成仏できないと僧に弔いを求める。ちなみに本書の最後の一編「照日の鏡」も、この源氏物語に関連する能「葵上」が下敷きとなっている。

これだけ能に溺れた秀吉だが、その期間は死ぬまでのたった六年間だ。そのきっかけは飛び切りの信頼を寄せていた千利休に腹切りを命じたことだという。勿論、能への耽溺には政治的な意図も絡んでいたのであろうが、個人的に秀吉という人間のくねった心の動きを感じてならない。

そう、どれだけ聖なるものであっても、その周りには人間がいるのである。能を伝えてきたのも、能を舞ってきたのも人間なのである。

『オール讀物』二〇二〇年十二月号に掲載された座談会の中で、著者はこのように語っている。

「人間の一生って喜怒哀楽の色んな事が起きて、死んでいく。その積み重ねが歴史だと思うと、どこを切り取っても面白い。信長や秀吉だけでなく、無名の人にもドラマがあるし、私はそれを掘り起こしたいんです」

著者はこれまでの作品で人間を描いてきた。人間への慈悲や愛情が深いからこそ人の肚（はら）の中に手を入れて心の襞（ひだ）の間までほじくってくる。勘弁してくれと思いながらも、ページを捲る手を止められないのは、その美しい、能の謡（うたい）の如き筆致のせいだ。

作家になる以前は歴史研究に携わっていた著者の作品は、史実に基づいた緻密な歴史観が反映されていることが特徴でもあるが、本書は淡交社の『なごみ』で連載された短編でページが決められていたため、そういう面が極力削ぎ落とされている。だからこそ人間の心の動きが全面に感じられる本書が私は大好きなのである。

『稚児桜』の解説文まで読み切ったあなたは、また書店で澤田瞳子の書棚の前に立っている。その隣でうきうきと澤田瞳子の新刊を抱えている人間がいれば、それは私である可能性が高いので、どうか話しかけていただきたい。「私、本物の澤田先生にお会いしたことがあるんですよ。上品で博識なのに全く気取っていらっしゃらなくって、サインも沢山貰っちゃって」とマウントを取ってしまうかもしれませんが、澤田瞳子ファンどうし是非とも心ゆくまで語り明かしましょう。

本書は、二〇一九年十二月に淡交社より単行本として刊行された『能楽ものがたり　稚児桜』を改題し、加筆修正のうえ、文庫化したものです。

稚児桜（ちござくら）

能楽（のうがく）ものがたり

澤田瞳子（さわだとうこ）

令和５年　３月25日　初版発行

発行者●山下直久

発行●株式会社KADOKAWA
〒102-8177　東京都千代田区富士見2-13-3
電話　0570-002-301（ナビダイヤル）

角川文庫 23593

印刷所●株式会社暁印刷
製本所●本間製本株式会社

表紙画●和田三造

ISBN 978-4-04-113106-0　C0193

◇◇◇

角川文庫発刊に際して

角川源義

第二次世界大戦の敗北は、軍事力の敗北であった以上に、私たちの若い文化力の敗退であった。私たちの文化が戦争に対して如何に無力であり、単なるあだ花に過ぎなかったかを、私たちは身を以て体験し痛感した。西洋近代文化の摂取にとって、明治以後八十年の歳月は決して短かすぎたとは言えない。にもかかわらず、近代文化の伝統を確立し、自由な批判と柔軟な良識に富む文化層として自らを形成することに私たちは失敗して来た。そしてこれは、各層への文化の普及滲透を任務とする出版人の責任でもあった。

一九四五年以来、私たちは再び振出しに戻り、第一歩から踏み出すことを余儀なくされた。これは大きな不幸ではあるが、反面、これまでの混沌・未熟・歪曲の中にあった我が国の文化に秩序と確たる基礎を齎らすためには絶好の機会でもある。角川書店は、このような祖国の文化的危機にあたり、微力をも顧みず再建の礎石たるべき抱負と決意とをもって出発したが、ここに創立以来の念願を果すべく角川文庫を発刊する。これまで刊行されたあらゆる全集叢書文庫類の長所と短所とを検討し、古今東西の不朽の典籍を、良心的編集のもとに、廉価に、そして書架にふさわしい美本として、多くのひとびとに提供しようとする。しかし私たちは徒らに百科全書的な知識のジレッタントを作ることを目的とせず、あくまで祖国の文化に秩序と再建への道を示し、この文庫を角川書店の栄ある事業として、今後永久に継続発展せしめ、学芸と教養との殿堂として大成せんことを期したい。多くの読書子の愛情ある忠言と支持とによって、この希望と抱負とを完遂せしめられんことを願う。

一九四九年五月三日

角川文庫ベストセラー

密室大坂城　安部龍太郎

大坂の陣。二十万の徳川軍に包囲された大坂城を守るのは秀吉の一粒種の秀頼。そこに母・淀殿がかつて犯した不貞を記した証拠が投げ込まれた。陥落寸前の城を舞台に母と子の過酷な運命を描く。傑作歴史小説！

幕末　開陽丸
徳川海軍最後の戦い　安部龍太郎

鳥羽・伏見の戦いに敗れ、旧幕軍は窮地に立たされていた。しかし、徳川最強の軍艦＝開陽丸は屈することなく、新政府軍と抗戦を続ける奥羽越列藩同盟救援のため北へ向うが……。直木賞作家の隠れた名作！

佐和山炎上　安部龍太郎

佐和山城で石田三成の三男・八郎に講義をしていた八十島庄次郎は、三成が関ヶ原で敗れたことを知る。徳川方に城が攻め込まれるのも時間の問題。はたして庄次郎の取った行動とは……。（『忠直卿御座船』改題）

維新の肖像　安部龍太郎

日露戦争後の日本の動向に危惧を抱いていたイェール大学の歴史学者・朝河貫一が、父・正澄が体験した戊辰戦争の意味を問い直す事で、破滅への道を転げ落ちていく日本の病根を見出そうとする。

平城京　安部龍太郎

遣唐大使の命に背き罰を受けていた阿倍船人は、突如兄から重大任務を告げられる。立ち退き交渉、政敵との闘い……数多の試練を乗り越え、青年は計画を完遂できるのか。直木賞作家が描く、渾身の歴史長編！

角川文庫ベストセラー

江戸の暗黒街　池波正太郎

小平次は恐ろしい力で首をしめあげ、すばやく短刀で心の臓を一突きに刺し通した。男は江戸の暗黒街でならす闇の殺し屋だったが……江戸の闇に生きる男女の哀しい運命のあやを描いた傑作集。

炎の武士　池波正太郎

戦国の世、各地に群雄が割拠し天下をとろうと争っていた。三河の国長篠城は武田勝頼の軍勢一万七千に包囲され、ありの這い出るすきもなかった……悲劇の武士の劇的な生きざまを描く。

卜伝最後の旅　池波正太郎

諸国の剣客との数々の真剣試合に勝利をおさめた剣豪塚原卜伝。武田信玄の招きを受けて甲斐の国を訪れたのは七十一歳の老境に達した春だった。多種多彩な人間を取りあげた時代小説。

戦国と幕末　池波正太郎

戦国時代の最後を飾る数々の英雄、忠臣蔵で末代まで名を残した赤穂義士、男伊達を誇る幡随院長兵衛、そして幕末のアンチ・ヒーロー土方歳三、永倉新八など、ユニークな史観で転換期の男たちの生き方を描く。

賊将　池波正太郎

西南戦争に散った快男児〈人斬り半次郎〉こと桐野利秋を描く表題作ほか、応仁の乱に何ら力を発揮できない足利義政の苦悩を描く「応仁の乱」など、直木賞受賞直前の力作を収録した珠玉短編集。

角川文庫ベストセラー

豊臣家の人々　新装版
司馬遼太郎

貧農の家に生まれ、関白にまで昇りつめた豊臣秀吉の奇蹟は、彼の縁者たちを異常な運命に巻き込んだ。平凡な彼らに与えられた非凡な栄達は、凋落の予兆となる悲劇をもたらす。豊臣衰亡を浮き彫りにする連作長編。

司馬遼太郎の日本史探訪
司馬遼太郎

歴史の転換期に直面して彼らは何を考えたのか。動乱の世の名将、維新の立役者、いち早く海を渡った人物など、源義経、織田信長ら時代を駆け抜けた男たちの夢と野心を、司馬遼太郎が解き明かす。

尻啖え孫市　(上)(下)　新装版
司馬遼太郎

織田信長の岐阜城下にふらりと現れた男。真っ赤な袖無羽織に二尺の大鉄扇、日本一と書いた旗を従者に持たせたその男こそ紀州雑賀党の若き頭目、雑賀孫市。無類の女好きの彼が信長の妹を見初めて……痛快長編。

新選組興亡録
司馬遼太郎・柴田錬三郎・北原亞以子 他
編／縄田一男

「新選組」を描いた名作・秀作の精選アンソロジー。司馬遼太郎、柴田錬三郎、北原亞以子、戸川幸夫、船山馨、直木三十五、国枝史郎、子母沢寛、草森紳一による9編で読む「新選組」。時代小説の醍醐味！

新選組烈士伝
司馬遼太郎・津本　陽・池波正太郎 他
編／縄田一男

「新選組」を描いた名作・秀作の精選アンソロジー。津本陽、池波正太郎、三好徹、南原幹雄、子母沢寛、司馬遼太郎、早乙女貢、井上友一郎、立原正秋、船山馨の、名手10人による「新選組」競演！